读《红楼梦》的
二个锦囊

刘心武

著

中国出版集团　东方出版中心

图书在版编目（CIP）数据

阅读《红楼梦》的十二个锦囊 / 刘心武著. 一上海:
东方出版中心, 2020.8（2022.7重印）

ISBN 978-7-5473-1671-9

Ⅰ.①阅… Ⅱ.①刘… Ⅲ.①《红楼梦》研究 Ⅳ.
①I207.411

中国版本图书馆CIP数据核字(2020)第127826号

阅读《红楼梦》的十二个锦囊

著　　者	刘心武
策　　划	郑纳新　江彦懿
特约策划	焦金木
责任编辑	江彦懿
装帧设计	陈绿竞

出版发行	东方出版中心
地　　址	上海市仙霞路345号
邮政编码	200336
电　　话	021-62417400
印刷者	上海盛通时代印刷有限公司

开　　本	890mm×1240mm　1/32
印　　张	6.5
字　　数	69千字
版　　次	2020年8月第1版
印　　次	2022年7月第2次印刷
定　　价	39.80元

少男少女们，我要献给你们阅读《红楼梦》的十二个锦囊。

锦囊，就是用锦缎缝制的小口袋，最早是用来放香料的，后来又有藏起机密纸条的功能。《三国演义》里，有诸葛亮把锦囊妙计交给手下将领的情节：将领出征前，交付他几个系好封口的锦囊，嘱咐他在某个时刻，打开第一个锦囊，掏出里面纸条，根据纸条上的命令行事，于是将领克服了第一个困难。再往前征战，再在关键时刻，打开第二个锦囊，再执行那里面纸条上的妙计……就这样，一个个的锦囊妙计，指引将领从胜利走向胜利。

许多少男少女，有这样的苦恼，就是读《红楼梦》时，不得要领，我现在就模仿诸葛亮，给你十二个锦囊，希望能给予你帮助，使你能够顺畅地进入《红楼梦》的世界。

目录

甄英莲被拐

——懂得悲剧，珍惜美好

现在我就给你第一个锦囊。这一讲我要讲甄英莲被拐的故事，让你懂得，《红楼梦》这部书是一部悲剧，一进入，就要把握住它的悲剧性这样一个特点。

什么叫悲剧？二十世纪，我们民族的伟大作家鲁迅先生告诉我们，悲剧就是把人生有价值的东西毁灭给人看。也就是说美好的人、美好的事被毁灭了，这就是悲剧。那么《红楼梦》第一回它就把这个悲剧的格局奠定了。

它讲了一个什么样的故事呢？它开篇说在苏州这个地方，有一个门叫阊门，最是红尘中一二等富贵风流之地。

什么意思？

在这个世界上，在人们的生活当中，这个地方第一叫富贵，意思是这里的生活普遍比较富裕；第二叫作风流，风流在这里是有文化、有浪漫气息的意思。这个地方住着一个人,叫甄士隐,身份是乡宦。他当过官,后来他就不当了,回到家乡居住,这种人被叫作乡宦。甄士隐他过着一种什么样的生活呢?一种很好的小康生活,叫作观花修竹,酌酒吟诗。他自己家的住宅比较像样子,有花园,可以约朋友来喝酒,作诗。

甄士隐和他的妻子都年过半百了,才生下一个女儿,所以特别喜欢她,经常抱在怀里面。

有一天,甄士隐抱着他取名叫甄英莲的女儿,出门到院子外头的街上去看热闹。这个时候,对面走来了一个道士,一个和尚。这道士是一个跛足道士,和尚长一头癞疮。那和尚见了甄士隐抱着个小女孩,就忽然哭着说:"施主,你把这有命无运、累及爹娘之物,抱在怀内作甚?"

这话很可怕。

施主是过去和尚对遇见的人的一种称呼,因为和尚主要靠别人施舍来生活,他们有时候捧一个钵子,讨点饭,让人给他点钱,所以和尚对所有俗人统统叫作施主。

什么叫"有命无运"?就是虽然出生于幸福的家庭,可是今后生活中没有好运气,会很不幸,还会连累到她的爹妈。这个话说出来以后,甄士隐就很不爱听,就觉得这

个和尚说的是疯话，不理他，转身回到院子里面了。

过了一段时间，到元宵节了。元宵节，街上很热闹。过去有那种风俗，尤其是江南，一到这种节日，街上就有过会，又叫作社火花灯。什么意思？就是很多居民自动组织起来，装扮成各种神话里面、故事里面的人物，从街上走过来游行，一边还提各种各样的灯笼，有时候还放烟火，很好看。

那么到了这一天，甄英莲她就想看热闹。父母年纪大了，一时就大意了，没有亲自把她带出去，而是交给一个仆人。《红楼梦》作者给这个仆人取了个名字，叫霍启，谐的什么音？祸起！就是这么美好的一个小康家庭，从这天起，因为这个仆人，就有一连串的灾祸兴起来了！那天甄士隐跟霍启说：你把她，英莲，带去看社火花灯吧。那么霍启就把甄英莲带出去了。到了街上，确实很好看。看社火花灯会沿着街，随着游行的队伍往前走，一步步地离家就越来越远了。这个时候，霍启忽然觉得内急，想方便，就把这甄英莲放在一户人家的门槛上，自己方便去了。方便完了回来一看，这门槛空了，孩子没有了，甄英莲被拐子给拐走了。霍启当然很着急，到处去寻找，但哪里找得到啊！他不敢回甄家，没法交代呀，就离开了阊门那个地

方，跑回农村他自己家里躲起来了。甄士隐夫妇等不到霍启带女儿回来，急得不行，就到街上去找，他家其他的仆人也都发动起来，找了一夜，天亮也不见影儿，你们想想，这是多么悲惨的事情！

《红楼梦》这部书，第一回开篇，就写了这么一个事情。为什么？因为它要给全书定一个调子，它写悲剧。甄家本来生活挺好的，对不对？结果年过半百的父母一下子就失去了自己的独生女儿，多惨！后来书里交代这个独生女儿，甄英莲，是被拐子拐走了，拐走以后，拐子把她养上几年，到了十多岁，就把她当作一个东西，拿来卖了。书里面后来写到，这个长大以后的姑娘，不记得自己是哪儿的人，不记得自己父母是谁，不记得自己姓甄，也不知道自己叫甄英莲。拐子卖她的时候，为了多得些钱，开头卖给了一个姓冯的，姓冯的说过几天，选个吉利的日子再来接她，没想到拐子就趁机又把她卖给一个姓薛的了，拐子正准备把两家交付的银子都卷起来逃走，冯家和薛家却都来领这个女孩子，互不相让，打了起来。姓薛的那个恶公子叫薛蟠，让手下人把姓冯的打了个稀烂，姓冯的没薛蟠家那么有势力，被打得奄奄一息，抬回家不久，就死掉了。被卖的甄英莲被薛蟠抢走了，那薛蟠打死了人居然无所谓，他本来就计划带着他的母亲和妹妹到京城去，打出人命官司，他照走不误，就那么到了京城。这个薛蟠的妹妹，就是薛宝钗。他们一家到了京城，自己有房不住，住进了亲戚家，就是荣国府，贾家；薛蟠、薛宝钗的母亲，是荣国府府主贾政的夫人的妹妹，她们都是从王家嫁出去的，书里把贾政的夫人称作王夫人，把薛蟠、薛宝钗的母亲称作薛姨妈。薛家住进荣国府，带着他们的男女仆人，包括强买来的、不惜打死别人抢来的这个女孩子，他们家和这个女孩子本人，都不知道，其实她原来是有名字的，叫甄英莲，薛宝钗给她另取了名字，叫香菱。

甄英莲被拐了拐走以后，甄家就很惨了，失去了亲爱的女儿以后，她父母就觉得活着都没有什么意思了。他们家旁边有一小庙，叫葫芦庙——葫芦庙到一定的节气，需要给佛像上供，上供当中有一种贡品叫炸供，就是要拿油煎炸一些东西，炸完了以后搁在盘子里头，搁在佛像前头供着。结果炸供时候怎么样呢？因为庙小，火大，这火就舐了窗户纸，就着了，着了火以后扑不灭，就把庙烧了，还连累了邻居，叫作接二连三、牵五挂四，一条街烧得如火焰山一般，甄士隐他们家也成了一片灰烬。

甄士隐和他的妻子原来的小康生活，就此烟消云散，

他们只能流落到乡下去了。在乡下，甄士隐难以独立支撑生活，最后便只好跟他妻子，去投靠他的岳父，就是他妻子的父亲。这位岳父品质恶劣，对甄士隐连哄带骗，把甄士隐带去的仅有的一点银子全吞占了，甄士隐就显现出要死亡的模样了，后来有一天甄士隐挣扎着到田野上散步，遇到一个道士，听那道士唱了一串顺口溜，叫作《好了歌》，就觉得自己大彻大悟了，就不再回岳父家，随那道士，不知道往哪里去了。这是不是悲剧呀？十足的悲剧啊！所以读《红楼梦》，首先要读懂第一回，要读懂第一回里面甄家、甄士隐的故事，先是女儿失踪，后来甄士隐自己也失踪。要懂得，作者一开篇写这样一个悲剧，就是为了给全书定下一个悲剧的总调子。所以，现在你读《红楼梦》，我第一个锦囊就告诉你，你要把握它的悲剧性的这样一个特点，它写的美好的生活，美好的家庭，美好的人和美好的事，如何遭遇坏人，遭遇到灾难，被毁灭了。

虽然这本书写在两百多年前，他写的是一个古代的故事，而时代发展到今天，我们都过上了远比那个时候美好的生活，可是社会上还有黑恶势力，还有拐子，同学们，你还面临着这样一种生命的威胁。父母给了你一条命，但是你要不注意的话，可能会被拐子拐走，被黑恶势力引入歧途。书里写了毁灭性的火灾，火灾进一步使甄士隐家遭到沉痛打击，今天我们如果不注意防范，火灾、车祸之类都可能会落到家庭和个人头上，造成悲剧。所以，我们今天读《红楼梦》，读第一回，打小就该懂得：作者实际上是在告诉我们要珍惜，要珍惜小康的生活，珍惜一种宁静的、和平的生活，要珍惜自己的父母，要珍惜自己的同学、自己的老师。要懂得如何去防范灾害，避免悲剧，让人间的悲剧能够逐步减少。这个锦囊，就是教给你，以珍惜美好为前提，去读《红楼梦》，这样读，我们就能够有切实的收获。

给完你这个锦囊，我要接着给你第二个锦囊，也就是下一讲我要讲的内容——你要记住书里面所写到的这些青春女性。

为什么必须记住？因为这本书它是献给女性的。它通过书里面的一个男主人公，男一号贾宝玉，说了这样的话：女子是水做的骨肉，男子是泥做的骨肉。他见了青春女性就觉得清爽，他见了那些须眉浊物，那些成年男子，就觉得浊臭无比。

金陵十二钗

——记住书中那些青春女性

　　《红楼梦》它了不起。过去的一些古典长篇小说，比如像《三国演义》《水浒传》《西游记》，这些故事里面的女性角色要么就很少，要么就是一些白骨精什么之类的负面角色。到了《红楼梦》，不得了，作者开始肯定女性的生命价值。所以他写了一系列的青春女性的故事。那么这一讲题目叫作《金陵十二钗》。

　　你可能就更纳闷了，你跟我讲这本书是写女性的故事，"金陵十二钗"是女性的意思吗？是的。金陵是一个地理概念。书里面写的故事，这些人物，她们的出生地，祖籍都是金陵。金陵往小了说就是南京，南京别名就是金陵。但书里面写的金陵，它是一个宽泛的地理概念，以南京为中心，长江以北的扬州也算金陵，离南京不远的无锡、苏州也算金陵，乃至于从南京往南，远一些的杭州，它也算金陵，是一个大金陵的概念。

那么书里面的这些青春女性，她们的祖籍就都是在金陵这片地方。什么叫十二钗？钗是什么意思？钗，在古代是女性绾头发的一种东西，长长的，可以插在头发上，把已经梳好盘起的头发固定住。同时它又是一个很好看的东西，是一种装饰品。讲究的，用金子打造，把细的两股金条，扭成长长的麻花，顶端还会镶上珍珠宝石什么的。所以钗，金钗，后来就成了女子的代称。

书里面写了一群青春女性，多数是小姐，是贵族家庭的女性，所以说他就用金钗来代表女了，金陵十二钗，就是出生在金陵地区的十二个女子。实际上《红楼梦》里面写到的青春女性很多，不止十二个。那为什么叫金陵十二钗呢？你看第五回就明白了。

第五回写贾宝玉大中午的睡午觉，做了一个梦，梦见上天了，去了一个什么地方？太虚幻境，一个虚无缥缈的地方。他遇见了一个仙女，警幻仙姑。警幻仙姑就领着贾宝玉在太虚幻境游览，看见好多的宫殿，有座宫殿上面有个匾，写着"薄命司"，什么叫"薄命"？薄命就是没有好命运，而且活不长久。

贾宝玉进了这个宫殿,这宫殿里面原来是存放档案的,有好多大橱柜。为什么这些女子的档案都储存在这样一个宫殿里面?因为她们有个共性,就是都属于薄命。贾宝玉看到柜子上,有的写着"金陵十二钗正册",有的写着"金陵十二钗副册",还有的写着"金陵十二钗又副册"。一册就是一个装订起来的一本书。那么可见最起码有三组十二个金陵女子的档案,对吧?

　　书里就写贾宝玉问警幻仙姑,说我常听人说金陵极大,怎么会才有十二个女子?警幻仙姑回答,金陵地区的女子固然非常多,但是我们宫殿里面,只存最重要的那些女子的档案。贾宝玉就打开橱柜,随便翻看档案。写得很有意思。他先翻看的不是正册,他先翻的是又副册。翻了两篇,他看不明白,没有兴趣,就放回去了。然后又取了副册翻了一篇,他也看不明白,又放回去了。但是他后来取出这个正册,就从头到尾全看了。

　　这档案设计得很有意思,每篇都有一幅画,然后旁边有一些字,这些画画的是这些女子她们的命运走向和最终结局。旁边的字叫作"判词",就好比我们上学,到学期结束都有操行评语,是吧?那么这些画旁边的字,就等于是一些关于这些女子的评语。那么《金陵十二钗正册》里的十二位女子，是书里最重要的十二个角色，你可一定要记清楚哟。

现在我们来算一算。首先有两个是并列的，这两个不分一二，就是林黛玉和薛宝钗。

书里面男主人公叫贾宝玉，是京城荣国府的一个贵族公子。林黛玉是他的一个姑表妹。薛宝钗，年龄比他大一点，是他的一个姨表姐。什么叫姑表妹？就是他父亲的姐妹的女儿，比他小点，是他的一个表妹。什么叫作姨表姐？是他妈妈的姐妹的女儿，比他大点，是他的一个表姐。

林黛玉、薛宝钗，这两个人合画为一幅画。判词把她们俩人都讲了。

然后《金陵十二钗正册》里，还有四位小姐，都是《红楼梦》里面写到的，京城里的贾氏宗族的。第一位是贾元春，她是贾宝玉的亲姐姐。书里写贾元春很早就进宫了，成了皇妃。然后写了贾迎春。贾迎春也是贾宝玉的姐姐，但是跟他不同父也不同母，是

他伯伯的一个女儿。还有一个妹妹叫贾探春，贾探春跟贾宝玉同父，但是不同母。所以读《红楼梦》，要知道当时社会跟现在不一样，当时一个贵族老爷，除了有正妻以外，还可以有妾，又称姨娘。那么贾探春就是书中的贾宝玉的父亲的一个小妾，赵姨娘生的。贾宝玉本人，是他父亲的正妻，王夫人生的。还有一位小姐叫贾惜春，这贾惜春的身份你可要注意，贾惜春她也属于贾宝玉的一个妹妹，但是她跟他不同父不同母，也不是一个府里面出来的孩子。因为在《红楼梦》里面，贾氏宗族有两个府，一个叫作宁国府，一个叫作荣国府，最早祖上是两个亲兄弟，后来皇帝给他们都封了公爵，一个封宁国公，一个封荣国公，所以一个住宁国府，一个住荣国府。

贾惜春是宁国府的，辈分和贾宝玉一样。由于书里写到荣国府的一个老祖宗，老太太，称作贾母，她喜欢女孩子，所以她把孙子辈的女孩子，都拢到她身边来抚养。

那么这说了六钗。还剩六钗是谁？有一个叫作史湘云，很重要的一个角色，史湘云跟贾母，她们有血缘关系。贾母本身姓史，后来嫁到了荣国公贾家，因此才被称为贾母，书里有时候会称她"史太君"。史湘云是贾母的一个堂侄孙女儿，贾母是她祖姑。这位美丽的女性，从小父母双亡，就由她的两个叔叔家轮流抚养，因为和贾母有血缘关系，所以经常会被贾母接到荣国府来居住。

还有一个青春女性叫作妙玉，妙玉是一个尼姑，但她这个尼姑很特殊，她带发修行。一般尼姑出家要剃光头的，她却留住头发。但她会有特殊的头饰，体现出她是一个尼姑，这种尼姑叫作带发修行。妙玉也是书里很重要的一个角色。

还有四钗是谁？有一对母女，一个就是王熙凤，一个是她的女儿叫巧姐。王熙凤在书里面也是个青春女性，大约二十出头，但是她已经出嫁了，嫁给了贾母大儿子贾赦的儿子贾琏，是贾母的　个孙媳妇。因为贾琏排行老二，所以书里又称她二奶奶，也把她叫作凤姐。她是一个非常强势的、性格很泼辣的女性。她在荣国府是管事的，是管家婆，在书里面戏份非常多。她女儿出生在农历的七月初七，巧不巧？巧得很，所以后来就取名叫巧姐。还剩两钗。一个叫作李纨。李纨是贾宝玉的亲哥哥贾珠娶的妻子，贾珠不幸病死了，李纨就成了一个寡妇。最后一钗是一个神秘人物，叫作秦可卿，她是宁国府这边的一个叫贾蓉的贵族公子的媳妇，她辈分最低，是贾母的重孙媳妇，宝玉的侄儿媳妇。

请注意在第五回里面，作者写贾宝玉翻看《金陵十二钗正册》的时候，它的排列顺序跟我说的不一样，我这么说是为了让你容易记住。它的排列顺序具有深意，今后你读《红楼梦》就要去琢磨。书里的排列顺序是：第一第二不分名次，是林黛玉、薛宝钗，然后是贾元春，然后是贾探春，然后是史湘云，然后是妙玉，这之后才是贾迎春、贾惜春、王熙凤、巧姐、李纨、秦可卿。

　　第五回，贾宝玉翻阅《金陵十二钗正册》上的图画和判词，向读者透露了这十二个女子的命运走向与最终结局。简约地说，第一幅画和旁边的判词，预示林黛玉这个写出《咏絮词》的才女，最后会孤单地离开人间，而薛宝钗这个恪守封建道德的女子，最后孤单地死在雪地中。贾元春在宫中仿佛石榴开了花，却未能结出果实，也就是说她为皇帝怀了孕，却并未能生下孩子，最后在政治争斗中惨死。贾探春最后嫁到远方。史湘云的婚姻开始美满，最后却十分坎坷。妙玉最后因刚正不阿解救他人牺牲自己。贾迎春被忘恩负义的中山狼似的恶丈夫蹂躏致死。贾惜春最后离府出走，成为黑衣尼姑沿街乞讨。王熙凤这个有管理才能的巾帼最后在家族如冰山消融般溃败后，死在被押送去金陵的路途中。巧姐则因当年母亲王熙凤接济过刘姥姥，最

隱几松風生鶴

捲簾秋水望鷗群

漁郎說到今近水晚逾識
易空海地松影滿衣裳

后在家族毁灭中被救出，嫁给了刘姥姥外孙子板儿，成为一个能活下去的村妇。李纨因为坚持给死去的丈夫守节，皇帝肯定了她，在打击贾家时把她和她的儿子贾兰作为例外，贾兰最后参加科举考试，中了武举，当了武官，立了大功，李纨被封为诰命夫人，但因为不积阴德，没能在关键时刻解救巧姐，结果喜极而亡，招来非议。秦可卿在一座高楼上吊自杀，那地方应该是宁国府的天香楼。

　　如果你掌握了《金陵十二钗正册》的十二个女子的线索，利用这个锦囊妙计，你就可以根据每一个女子，去检索《红楼梦》的内容。比如说，我这一次要把贾探春的命运捋一遍，你就根据回目，挑出有关她的部分仔细阅读，其他的十一钗也可以用同样的方法来熟悉。如果你对《金陵十二钗正册》里的十二个青春女性早都熟悉了，那么你还可以有更高级地使用锦囊妙计的方式，因为在书里面，除了《金陵十二钗正册》以外，还有《金陵十二钗副册》《金陵十二钗又副册》，副册里，作者只公布了一个香菱，图画和判词意味着她最后被薛蟠娶来的正妻夏金桂折磨而死；聪明的同学，你可以和你的同学们、老师们、家长们一起讨论，副册当中另外十一钗是谁，会不会有薛宝琴？书里写薛宝琴和另外三位青春女性一同从南方来到荣国府，她们被形容为"一把子四根水葱"，那三位邢岫烟、李纹、李绮，也会被收在副册里吗？副册还会有书里面的尤二姐、尤三姐吗？这都可以去讨论，去琢磨。又副册第一位是晴雯，第二位是袭人，所呈现的图画和判词，预示聪明灵巧的晴雯最后被诽谤遭致惨死，而袭人则最后嫁给了伶人蒋玉菡。那么第三位至第十二位呢？作者没有明确，你就可以琢磨，看来这又副册里应该都是丫头，会有鸳鸯、平儿、紫鹃、司棋吧？另外，书里还有"红楼十二官"，就是贾氏宗族为了迎接贤德妃贾元春回来省亲，不仅建造了大观园，还从姑苏买了十二个女孩子，组成一个戏班子，在元妃省亲的过程中演戏，这些小戏子都取了两个字的艺名，最后一个字都是"官"，其中描写得比较多的，一个是龄官，一个是芳官，你也可以单挑出她们的故事来看。

所以，尽早记住金陵十二钗，尤其是正册中明确了的那些青春女性，是你把握《红楼梦》的重要途径。通过这样一个切入的方式，你就可以比较方便地进入《红楼梦》的世界。

黑炎志雖勤
頭方悔讀遲
及正是男兒
志時

绛洞花王

—— 如何欣赏书里的
"男一号"贾宝玉

　　《红楼梦》产生在两百多年前的封建时代，那是一个男尊女卑的社会，可是作者却把他的同情心给予了青春女性。他除了描绘了大量的青春女性，还塑造了一个去呵护这些青春女性的男性角色，就是贾宝玉。贾宝玉这个角色很超前，实际上在两百多年前的封建社会，社会上应该说没有真正出现和书里面的贾宝玉可以大体画等号的这样一个人物。我认为这是作者的理想化的产物。

　　你一定要搞清楚，书里写的，主要是宁国府、荣国府里的故事，两府又以荣国府为重点。这两个府里辈分最高的，只剩下荣国公的遗孀贾母一人，她具有最高的权威，她虽然有两个儿子贾赦和贾政，但与他们的感情不深，她甚至嫌厌贾赦，她所钟爱的，就是孙子贾宝玉，今后荣国府的荣誉与财产，贾宝玉是第一继承人。贾宝玉在府里，人见人爱，就连打算害死他的赵姨娘，也不得不承认他长得好，谁也不敢公然得罪他。按说他比薛蟠更有优势，可以自以为了不起，毫无顾忌地去欺压人，但他却不以王孙公子自居，在那样一个男尊女卑的时代，他首先尊重青春女性，对于比自己地位低的、穷的人，都绝不去鄙夷欺侮。

那么我们要了解贾宝玉，当然就需要通读《红楼梦》，但是如果我们在没有通读的情况下，要去把握贾宝玉这个重要的角色，该怎么办？那就要抓住要点。

作者写贾宝玉，写出了一个复杂的人物，性格有好多方面，那么主要的方面是什么？我们作为学生，阅读《红楼梦》，能从贾宝玉身上汲取什么样的精神营养呢？请注意，你一定要记住书里的贾宝玉，说过一句话，四个字。哪四个字？世法平等。作者通过贾宝玉这样一个艺术形象，在两百多年前，就鲜明地提出他的主张，就是在这个世界上有一个法则，什么法则？平等法则，人与人是平等的，人生而平等。

书里面有三段情节突出体现了贾宝玉的这种平等思想。

第一段，就是书里写到贾氏宗族的两个府第，一个是宁国府，一个是荣国府，宁国府这边从它辈分最高的贾敬说起，贾敬的儿子叫贾珍，贾珍跟贾宝玉他们是一辈的，他们是堂兄弟。贾珍的儿子叫贾蓉，贾蓉娶了一个媳妇叫秦可卿，书里面交代了秦可卿的养父是一个小官吏，这个养父有一个亲生的儿子叫秦钟。书里写得明明白白，这个养父是一个宦囊羞涩的存在。什么叫宦囊羞涩？就是他当一个小官，工资很低，钱袋子里面的银子非常少，都不敢跟人提，提起来觉得脸上无光，这就叫羞涩。但是书里面就写有一天，贾宝玉作为荣国府的贵族公子，他到宁国府来玩，就见到了秦钟。按辈分的话，秦钟比他还矮一辈，但是贾宝玉不因封建社会的那种辈分的等级规范而轻视秦钟，也不因秦钟他父亲宦囊羞涩、穷，就看不起秦钟。他跟秦钟一见如故，觉得秦钟长得帅，模样很清秀，谈吐又很有修养，很聪明，很伶俐，顿时就喜欢上秦钟，想跟他交朋友。这首先跨越了辈分的不平等，又跨越了贫富的不平等。他面对秦钟，惭愧到这样地步：觉得对方如此聪明伶俐，自己就成泥猪癞狗了。他把自己贬低成在泥里打滚的猪，长着癞疮的癞皮狗了。贾宝玉的穿着当然非常华丽，可是面对秦钟，他就觉得绫罗绸缎裹身的自己，像根死木头。他真诚地这么贬低自己，觉得"啊呀，早见到他多好啊，我们交个朋友多好啊"。当然书里面讲秦钟见到贾宝玉之后，也很欣赏宝玉，说宝玉是荣国府的贵公子，而且大家都知道他今后是荣国府的府主，贾政如果去世了，那么他就是继承人。眼前的宝玉穿得非常华丽，身边有很多人伺候，不但有美丽的丫头，还有穿着体面的小厮，秦钟就觉得贫富这两个字太限制人生了，因为他那么富有我这么穷，我都不好意思跟他交往，没想到他主动要跟我交往，于是两个人就交往上了。

书里后来写这个秦钟就死掉了，死掉以后就没有情节了吗？过了很多回之后，忽然有一个照应，就说夏末秋初，宝玉住的荣国府大观园里面的荷花谢了以后，长了莲蓬，宝玉就亲自摘了很多新鲜莲蓬，让他最亲近的小厮焙茗，拿到秦钟的坟上供上。这是书中第一个例子，说明贾宝玉他尊崇世法平等的为人处事原则，待人平等。

第二个例子，宝玉身边有一个丫头叫袭人，到过年的时候，荣国府就允许袭人回家探亲。袭人这个丫头，当年家里穷得没饭吃，只好把她卖了，正好那时候荣国府丫头不够使，就去外面买丫头，把她买进荣国府了，取了个名字叫珍珠。她开头服侍贾母，后来贾母觉得宝玉的丫头还

不够多，就叫珍珠去服侍宝玉，宝玉因为知道她姓花，联想到一句古诗"花气袭人知昼暖"（意思是花朵的芳香窜进鼻子，就知道是一个阳光灿烂非常暖和的白天，"昼暖"的另一种写法是"骤暖"，就是窜进鼻子的芳香，使人知道气温猛然间升高了），就把珍珠的名字改成了袭人。袭人家里，父亲没了，母亲还在，哥哥花自芳后来通过努力，家里不那么穷了，过年，就希望袭人能回家团圆一下，荣国府也就允许袭人回家探亲。袭人家那时候虽然不是太穷了，但毕竟是京城里最平常的市民家，跟荣国府比，真是贾家在云端，花家在平地，绝不是一个阶层的。袭人的身份是一个服侍贵族公子的丫头，贾宝玉可是国公爷的后代，是贵族公子阶层里出类拔萃的一位，可是宝玉他对袭人平等以待，大过年的，贵族府第里正在演戏，热闹到不堪的地步，宝玉却一点兴致也没有，他就让他的小厮焙茗陪着他，悄悄地去了袭人家。袭人全家一看大吃一惊，怎么国公爷的后代、荣国府的贵公子到我们家来了？都不知道怎么接待他才好。那时候袭人家过年，也摆了许多食物，但袭人就觉得没有一样是能给宝玉吃的，后来勉强拈起几颗松子瓤，吹去细皮，拿手帕托着，请宝玉吃，宝玉不嫌弃，挺高兴的。宝玉先回到荣国府，袭人后来也返回了，宝玉问她：

在你家那边炕上，穿红衣裳的女孩子是谁？袭人不高兴了，说难道我一个人卖到你们家当丫头还不够，还要把她也买来吗？宝玉就说，我只是觉得她很好，怎么是要她来当丫头呢？作为亲戚不行吗？那女孩是袭人的一个姨表妹，宝玉是真的觉得他跟袭人家可以算得是亲戚，不觉得自己高高在上，完全是一种真诚的平等态度。

　　第三个例子，就更说明问题了。前面提到宁国府贾蓉的媳妇是秦可卿，秦可卿后来就死掉了，死掉以后办了很大的丧事。那个时代人死了，装进棺材之后不马上掩埋，而是要送到一个地方去保存起来——逝者入殓后的棺材叫灵柩，保存在一个地方，叫停灵　再选择　个吉利的口子下葬。贾氏宗族有一个自己的家庙，叫铁槛寺，秦可卿的灵柩要送到铁槛寺去。管理整个丧事的总指挥是王熙凤，是宝玉的一个堂嫂。王熙凤她很喜欢宝玉，宝玉跟秦钟是好朋友，所以她连带着也很喜欢秦钟。在送灵柩的队伍，从城里往城外，往铁槛寺去的途中，王熙凤就让宝玉和秦钟跟她坐一个车，后来王熙凤觉得我得方便方便，就让这个车离开了浩荡的送殡队伍，到了一个村庄，当然有很多的仆人、丫头婆子跟着，她们给王熙凤布置出一个单独的房间，让她在里面方便、洗手、洗脸什么的。宝玉跟秦钟

就在这个农村里面闲逛，这两个城里的少年一到农村看什么都新鲜，看到农具也新鲜，看到泥巴房子也新鲜，到了屋子里，炕上有一个东西不知道是干吗用的，好像能转，两个人就上炕摆弄，这时候就听见有一个姑娘说话：你别乱弄，别弄坏了，我转给你们看。原来那是一个纺车，知道纺车吗？就是在那个时代，种了棉花以后，把棉花去籽，放在纺车上，把它纺成线。这个农村的女孩子就纺给他们看，说这个东西这么用，正在这个时候，有人叫这个女孩子：二丫头你跑哪儿去了？二丫头下炕就走了。这场戏写到这儿，按说也就没什么可评论的。

但是作者写得非常好，他写这个王熙凤完了事，回到车上又把宝玉和秦钟叫上，这个时候宝玉从车里往外一看，一群农村姑娘走过来，其中就有二丫头，而且二丫头还抱着自己的小兄弟，说说笑笑走过来。这时候有一句话，《红楼梦》里面很重要的一句话，哪句话啊？"宝玉恨不得下车跟了他去"（注意，在《红楼梦》作者写作的那个时代，还没有"她"字，书里对男女的第三人称，都写成"他"，我引原文，也就不可能出现"她"字，"她"字是二十世纪初，一个新文化人刘半农发明的），宝玉就恨不得下这个车，跟二丫头去，他就觉得农村生活那么美好，二丫头

那么纯朴，劳动是那么样的美妙，我自己当一个贵族少爷没什么意思，我干脆下车，在农村跟二丫头她们一起生活算了。他的想法是真实的。两百多年前的作品，这个思想不得了，所以作者写贾宝玉的形象是很有高度的，他真是有一种非常平等的思想。他连农村的土得掉渣的丫头都尊重，甚至想跟她们一起生活。

《红楼梦》里面写贾宝玉是立体的，不只写他的优点，也写他的毛病。

如果你是一个对《红楼梦》很熟悉的同学，那么我要考考你了。你仔细读过第三十回吗？第三十回写了贾宝玉的五个行为。其中有两个行为很不好，有两个行为很不错，有一个行为无所谓好无所谓不好，那么在这我不可能展开，告诉你，算是一个作业。你要知道贾宝玉是一个活生生的贵族公子形象，他有他的毛病，比如说他因为是贵族公子有特权，发脾气的时候可不得了，会造成别人的悲剧。而且他有的时候很轻佻，由于他和他母亲身边的一个丫头金钏胡乱逗趣，导致金钏被王夫人撵走，最后觉得自己很羞耻，跳井自杀。所以，作为男孩子，贾宝玉不能成为你全面去学习的一个榜样；作为一个女孩子，不可以觉得我就要喜欢宝玉这种型的、这种表现的男孩子。

但是不管怎么说，作者写出了宝玉心灵当中、灵魂当中闪光的东西。那么一开头就告诉你了，现在再给你总结一下，读《红楼梦》我们应该从贾宝玉身上汲取什么样的精神营养呢？四个字，世法平等。平等观念，在那个时代作者就通过这部小说，通过贾宝玉的形象提出来了，不得了。"人生而平等"，这是 1776 年写在美国《独立宣言》里面的话，曹雪芹创作的《红楼梦》，起码比《独立宣言》早二三十年，书里就由贾宝玉喊出来了：世法平等。所以《红楼梦》是一本伟大的书，贾宝玉的形象，他精神当中这一面，特别值得我们很好地去汲取营养。有了这锦囊，你可以再从书里找出一系列展示宝玉这种开明思想的情节、细节和话语，加以品味。

以饯别花神为例

—— 欣赏书中一系列美丽的场景

宝玉他小时候给自己取了一个外号，叫作"绛洞花王"，"绛"是红色的意思，他把自己形容成在一个红色的山洞里面保护百花的王子。书里面写了很多青春女性，就像百花齐放一样，而书里面又写了很多美好的景色，特别是春天的景色，更是实打实的百花齐放。一开头不就说了吗？《红楼梦》是一个悲剧，它先把美好的场景展示给你，再写这些美好场景的消失，还有一些美好人物悲惨的命运，所以我们在这一讲里面，就要重点把握住书中的一些美好的场景、大场面。

首先是一个春天的场面，书里面有一段情节写的是饯别花神。饯别就是举行一个仪式，跟人告别，送人走，书里写这个情节，是饯别花神，花神是什么？就是假设在人间有百花开放，那么这些花都是由天上的神仙管理的，管理春天的花神最忙碌，因为春天花最多，大家想一想春天，首先比如说迎春花开放得最早，黄颜色的，看见过吧？然后杏花，桃花，李花，梨花……白的，粉白的，粉红的陆续开放；还有像丁香，有白的，有紫的，散发出馥郁的香气；像海棠，非常美丽；像玉兰，非常华贵，还有很多很多的花。那么春天的花多到什么地步呢？很多花是重叠地开，你还没有谢我就开了，有一些谢了另外一些又开了，但是春天有一种花它最后开，过去有一句古诗叫作"开到荼蘼花事了"，什么意思？就是有一种花叫荼蘼花，它是一种藤蔓花，荼蘼花一开，就说明春天所有应该开的花都开完了。荼蘼花开完了，关于开花的事务就了结了。

　　谁在管理这些春天的花开花的事情啊？花神，春天的花神。所以书里面的这些小姑娘、小伙子，他们就觉得有一个花神在管理春天的这些春花。最后春天过去了，花神就结束了与她有关的管理开花的事务，她就要走了，走之前就要给她送行。当然夏天还有花，秋天还有花，冬天还有花，但是春花是最多、最美丽、最值得珍惜的。书里它写哪个日子是送别花神的日子？是农历四月二十六日。那么书里面的那一年，这个日子正好是农历的二十四节气的

芒种这个节气，他们就在那一天送别春天的花神。

书里写得美极了，书里写这个荣国府后来为了迎接府里的大小姐贾元春——因为她已经到了皇帝的身边，当了贵妃——回来省亲，就造了一个很大的园林叫作大观园。这个大观园书里有很具体的描写，美极了。大观园里面又分很多具体的院落，由不同的人来居住，你当然记得了，贾宝玉住在哪？怡红院。怡红院的景色有什么特色？"蕉棠两植"，就是他的正房前面一边是海棠花，一边是芭蕉树，很美。那么林黛玉住在大观园的什么地方呢？潇湘馆。潇湘馆什么景色啊？叫作"凤尾森森，龙吟细细"。潇湘馆里面的竹子，长高以后，竹梢就垂下来，就好比是凤凰的尾巴，凤凰的尾巴特别多，就叫"凤尾森森"。"龙吟细细"，是说园子里面要有水，有一股水就从潇湘馆的墙里面穿过一个孔流进来，流进一条细细的小渠。过去认为龙是产生水的一种神奇的动物。所以，龙嘴吐出了水，水又不多，细细地流过，就好像在吟诗一样，叫"龙吟细细"，美不美啊？很美的。

它又写薛宝钗在大观园里住进了蘅芜苑，这个庭院里面有很多大山石，有很多攀援植物，有很多香草。又写贾探春住在秋爽斋，贾迎春住在紫菱洲，贾惜春住在藕香榭，后来又住在暖香坞,这都是一些美丽的园林建筑。还有李纨带着她儿子贾兰,住在一个布置成农村景象的园林里面,叫作稻香村。这都很美丽。

到了这一年的四月二十六日这一天,大观园里面这些女孩子,小姐啊丫头啊,自己就先把自己打扮起来了,打扮得很漂亮。她们干吗啊?她们举行一个仪式来饯别花神,意思是荼蘼花都开过了,春天结束了,管春天花卉的神仙您辛苦了,我们送您回到天上休息去。她们怎么来欢送她啊?她们就拿着这个彩纸、彩缎、彩绸,用针线缝制成了很多小轿子、小马车,因为她们想象这个神仙回到天上也需要交通工具,需要轿子马车,她们做得小小的,是象征性的。古时候欢送一个人,或者是迎接一个人,要有仪仗队,她们就做出小小的仪仗队。

这些大观园的小姐、丫头们,青春女性们,高兴得不得了,把饯别花神当作一个节日来过,她们把这些做好的小轿子、小马车拴在花园的树枝上,灌木枝上,花枝上,还在这些植物上系了很多的彩带,风一吹,整个大观园里的这些彩带就美丽地飘动着。书里写了很多这种美好的场景、大场面,除了各人有各人美好的一些表现以外,作为一个女儿群,青春女性的群体,她们有很多群体呈现的美丽场景，饯别花神就是其中很重要的一个。

这个锦囊给了你以后，你怎么使用呢？你就要检索《红楼梦》，这是一个春天的大场面，有没有夏天的大场面呢？是有的。你比如说后面又写到，在夏天，牡丹花、芍药花开了，芍药花谢了，那么这些青春女性就聚在一起过生日，她们划拳，喝酒，嬉笑，也有很美丽的场面；秋天有吃螃蟹，看菊花，赏菊花，吟菊花诗的场面。

冬天有没有美丽的场面呢？也有的，冬天整个大观园变成了琉璃世界，下雪了。它有一个小山坡，突然小山坡上出现了一个什么样的情景呢？有一个美丽的少女站在那里，披着一个华丽的斗篷，这个斗篷叫作凫靥裘。什么做的啊？用野鸭子头上的毛，拼在一起做成的，只用野鸭子头顶上那一块，闪闪发光的青绿色的毛，得多少只野鸭子哟？这个美丽的女子旁边站了一个丫头，丫头抱着一个瓶子，瓶子里面是红梅花，当时书里面的老祖宗贾母看到就赞叹了，说：你们看这个雪景，这个女孩子站在那儿，旁边又一个女孩子，这个真人的景象，不是比我屋里挂的那个《双艳图》——那是一幅古人的名作——还漂亮吗？所以冬天也有美丽的景象，那么你掌握了这个锦囊，你就可以在书中不断发觉各种美丽的大场面。

我不能一一给你列举，你自己找去，稍微提醒一下：春天放风筝，夏天在草地上斗草，秋天在大观园乘船看到枯荷……都是美不胜收的场面啊！那么营造这些场面，达到什么目的呢？就是要让我们懂得珍惜，首先要珍惜春天，珍惜青春，珍惜你的少年年华，因为青春一去不复返，花谢以后要等到第二年才能再开，这书里面有很多这种句子，值得你玩味，"花落水流红"，什么意思？花瓣纷纷飘落以后，在大观园的水里面，随着水漂流，最后花瓣太多，红的花瓣把水都变成红颜色了。书里面还有这样的诗句，叫作"春梦随云散，飞花逐水流"，春天像梦一样，随着风吹，随着时间的漂移，最后都会散去。这也和我第一讲里面，告诉你的《红楼梦》是一个悲剧，是贯通的，是紧扣在一起的，一定要懂。

锦
囊
五

扑蝶·葬花·醉卧·穿花

—— 记住书里最美好的人和事

　　前面讲的第四个锦囊，就是让你能从书本中检索出那些美丽的群像大场面，群体的美。那么这一讲，要具体到个别人物，讲她们美的行为，让你懂得她们生命的美。这一讲要讲四个人物的美丽瞬间，就是扑蝶、葬花、醉卧、穿花。

　　扑蝶，一听你马上就笑了，你知道是薛宝钗，薛宝钗在书里面是一个非常美丽的女子，她平时是很端庄的，她是说话做事都不逾矩的。但是有一天，在大观园里面，她毕竟是一个少女，她看见有美丽的蝴蝶，在前面飞动，她就忍不住从自己的袖子里面抽出了扇子——可见是一把折扇，如果是一个团扇很难放在袖子里——那么她就抽出这个扇子，打开，去追逐这个蝴蝶，去扑这个蝴蝶，这个画面就叫作"宝钗扑蝶"，是书里非常重要的一段情节。

特别有意思，它写这个薛宝钗扑蝶，一下子没扑着，还想扑，蝴蝶就扇动翅膀往前飞。在这个情节当中，就出现了一个美丽建筑叫作滴翠亭，它有一个曲折的桥，小桥通到建筑在湖水中央的亭子。滴翠亭有什么特点呢？四面都有窗户，这个窗户是可以推开的，也可以关上。那么她追这个蝴蝶，蝴蝶就往桥那儿飞，追到桥上，蝴蝶又往亭子那儿飞，她就追到亭子那儿去，追到亭子那儿以后没追上，她就想放弃，这时候突然听到亭子里面有人说话，有两个小丫头在说话，说的是一些隐秘的事情，是一些私房话。薛宝钗没有偷听的意思，但是扑蝶扑到那儿了，不听也得听，就听见了，就很难为情，而且亭子里面两个丫头就有这样的对话：咱们在这儿说，要是有人在窗外听见了多不好啊，咱们赶紧把窗户都打开吧。

薛宝钗她是一个很有心机的女子，她虽然是小姐，平时端庄宁静，蔼然可亲，但是关键时刻，这个女子很有应变能力，她就把脚一跺，嘴里就说"颦儿你往哪里跑"——颦儿是宝玉给林黛玉取的一个外号，因为林黛玉总是忧愁，常常微微皱着眉头，颦就是皱眉的意思——薛宝钗就用这个办法，来掩饰自己听到了亭子里面两个丫头说私房话。

正在这个时候，那两个丫头果然就把亭子的窗户打开了，就看见她了，她一不做二不休，干脆进到亭子里面去，说你们把林姑娘藏哪里了？还故意在里面找了一圈，没有，又说可能是到那边山洞里面去了，被蛇咬一口也就罢了，说完，她就从亭子那边的桥上岸了。

这一段情节很重要，第一，它描写了一个贵族小姐扑蝶的场面，非常生动；第二，它对塑造薛宝钗这个人物、凸现她的性格，起到了一个非常好的作用，她既聪明美丽，又很有应付突发事件的能力。当然这个里面有一点不对，就是不管怎么说，你别让两个丫头认为是林黛玉先到这个窗户外头听见她们的话，是不是？所以历来有一些读者认为她这样做不合适，会造成两个丫头对林黛玉产生恶感，但是从书里的情节发展来说，她这也是没有办法的办法，恐怕她也不是故意要去栽赃林黛玉、诬陷林黛玉的，作者写了人在紧迫情况下的一种应急手段。

那么下面紧跟着，我要告诉你的是一个千古以来——当然说千古有点夸张，因为《红楼梦》到现在也就两百多年——就是很长时间以来，人们铭心刻骨的记忆，《红楼梦》里面一个最重要的场面：黛玉葬花。

黛玉葬花怎么回事？上一讲提到，春天百花谢落，花瓣都落了满地，甚至落到水里面去了，那么怎么解决这个问题？黛玉葬花是一个连贯性的行为艺术。行为艺术，这种艺术方式，在西方，在我们国家以外，是二十世纪后半叶才出现的，不是说简单地画一幅画，或做一个雕塑，而是用行为来表达一种艺术创造。举一个例子，有一些西方人爬到一座山上去，这座山比如说海拔五百米，他们有十二个人，就一个人趴着，另一个人再在他身上趴着，一个一个地叠上去，最后一个人趴完了，使这个山的海拔，人为增高了一米，由别人把这个场面拍下来，叫作《让山长高一米》，拍完之后大家散去。行为艺术是一种时间艺术，过了以后就没有了。那么西方人就很得意，说你看我们西方艺术多发达，我们有行为艺术，其实中国两百年前的《红楼梦》里面就有行为艺术。

林黛玉葬花就是行为艺术，怎么个行为艺术？第一她有特殊的行头，她是有道具的。林黛玉葬花是扛着一个花锄，花锄上挂着一个锦囊，一个花囊，是可以装花瓣的；手里拿着一个花帚，要把这个花瓣扫到那个花囊里要有一个扫帚，同学你怎么想象？在书里林黛玉是一个贵族小姐，身体很弱、老有病，花锄能是一个那种刨地的大锄头吗？她扛得起来吗？能是一把环卫工人扫地的大笤帚吗？也不

可能，她是精心制作了一种行为艺术的道具，从一些电影、电视剧、绘画还原可以知道，她那个花锄，是细细的竹竿，前面有薄薄的一个代表锄头的薄片，它很轻，她的身体能够扛得住。花囊，林黛玉会针线活，自己就可以缝一个，象征性的一个装花瓣的刺绣小口袋，挂在这个花锄上。花帚那就讲究了，它可能是用一个细细的竹竿，下面绑扎了什么啊，是现在用的笤帚吗？不是，可能是一些禽鸟的羽毛，把它扎在底下，算是一个扫花的笤帚，优美不优美？而且林黛玉这个行为艺术是有声艺术，不是无声艺术，刚才我举那个《让山长高一米》，那是一个无声艺术，没有声音的，林黛玉是有声艺术，她事先就作好了一首词，葬花词，她扛着花锄，花锄上挂着花囊，一手拿着秀气的花帚，一边朝着这个葬花的地点走去，一边吟唱一首自己创作的葬花词，优美不优美？这是《红楼梦》里面一个登峰造极的场景，一个优美的人，做着优美的事，优美的画面，充满了诗情画意。

后来又出现了另外一个优美的画面，另外一个贵族小姐就是史湘云。史湘云她的性格跟薛宝钗、林黛玉都不一样，薛宝钗比较文静端庄轻易不发火，林黛玉体弱多病，有时候使小性子说点尖酸刻薄的话。史湘云是大说大笑的，

像男孩子一样的性格，书中就写这个史湘云和其他的一些大观园里的姊妹们，给人庆生，喝酒划拳，喝醉了以后，她自己就找了一处阴凉地，一座山石后面有一个石头的长凳，她用自己非常好的纺织品鲛绡帕，大手帕，包了一些芍药花瓣当枕头，就在那个石凳上睡着了，风吹芍药花落了她一身。这也是书中一个非常美的场景。她虽然不是像林黛玉那样有计划地要去做一个行为艺术，她是醉卧，醉了以后不自觉的，但是也等于是一个行为艺术，很美好，成为现代很多画家画不尽的题材。

那么前面讲的这个宝钗扑蝶，黛玉葬花，湘云醉卧，你可能都很熟悉，还有一个场景你可能忽略了，也可能注意到了，谁啊？做什么事啊？那就是贾迎春。贾迎春在书里面是一个很懦弱的女性，这个人特别懦弱，谁都能欺负她，一点反抗能力都没有，一个很可怜的生命存在，但是书里写秋天，大家聚在一起，吃螃蟹，赏菊花，然后她们的诗社就决定来一次咏菊花的诗会，在准备写诗之前，大家先静下来构思，书里就写了不同的小姐有不同的状态，有一笔写贾迎春，在干吗呢？贾迎春独在花阴下，用花针串茉莉花。花针是那个时代的贵族妇女用的一种针，一般是象牙做的，是比较粗的针，针鼻也比较大，串上线之后，用来串花。当时茉莉花开放了，她摘了很多茉莉花，把它们一朵一朵地串起来，串得少一点可以做茉莉花的手链，多一点可以做茉莉花的项链，一个懦弱的女孩子，老被人欺负，被人漠视，但是她也尊重她自己的生命存在，在秋日的那一刻，享受串花的人生乐趣。

所以读《红楼梦》，我给你一个新的锦囊，就是要懂得捕捉这些个人的艺术行为，生活诗意，这种美丽的画面、美丽的行为。那么除了我举出的这四个人、四个行为以外，别人还有没有呢？有的，希望你回去以后好好翻书，看看能不能再举出几个来。

臨
池
看
落
花

锦
囊
六

吟诗填词

—— 欣赏书里的诗词

　　《红楼梦》大家知道，它虽然是一部小说，它讲故事，可里面穿插了许多的诗词歌赋。

　　你可能会说，哎，好多诗词我都会背啊。光会背一下《红楼梦》的诗词不成，我现在给你一个锦囊，就是《红楼梦》的诗词你怎么能够把握它呢？你要分几个层次。

　　第一个层次，你要把握住它是在一个什么样的情节的节骨眼儿上出现的，要知道它在推动情节发展当中起什么作用，这是我给你锦囊当中的，你要注意的第一招。

　　第二个层次，当然你就要来理解这首诗词文字表面的意思，这很重要，要会欣赏。

　　第三个层次，这不得了，它和一些单摆浮搁的诗词可不一样，它会通过这首诗词来表达写诗词的这个人的性格，而且还会暗示这个人今后的命运走向和最终结局。

有的诗词还是灯谜诗，它是一个谜语，所以还有第四个层次，它最后还有一个谜底，它打一个东西，最后你要去猜打的是什么东西。

所以，你根据我现在给你的这个锦囊，再去读《红楼梦》里的诗词，就应该比原来只是去读啊背啊，收获大得多。

现在，先举一例，请听一首诗：

能使妖魔胆尽摧，身如束帛气如雷。

一声震得人方恐，回首相看已化灰。

刚才我给你个锦囊，现在我们用这个锦囊一步步地来欣赏这首诗。第一步，需要知道这首诗是在什么样的一个情节点上出现的。它是在这样一个情节点上出现的：过年了，有一个环节就是在闹元宵前后要猜灯谜，所以在小说里面出现这样一个情节，荣国府的大小姐贾元春——她进宫了，封了贤德妃，住进凤藻宫——她在元宵节，让伺候她的小太监拿了一个灯笼，灯笼上写的诗，就是灯谜诗，就是刚才我念的那首，拿到荣国府来，让大家猜。

这首诗的表面意思，是说有一个东西，妖魔都害怕，

妖魔一听这个东西都丧胆，为什么啊？因为这个东西它的
形象非常有特点：它的身子像捆起来的布匹一样；如果它
发出声音的话呢？它的气息跟打雷一样，像霹雳一样响，
它响完以后，你回过头一看，哎呀，它就已经化成一堆灰了。

那么我刚才给你锦囊了，你要进入第三个层次，这是
谁写的啊？贾元春。她怎么写这么一首诗啊，作者为什么
安排她写出这么一首诗啊？这首诗暗示着她的命运，最初
很气派，但最后瞬间烟消火灭，化为灰烬，是一个不祥之
兆。那么这首诗是灯谜诗，它就有第四个层次，它打一物，
它打的是哪一物啊？同学，你猜出来了吗？爆竹，对，它
的谜底就是爆竹。

　　书里几次出现灯谜诗，每次都是一出现就好几首，有一回里，单是薛宝琴这一个人物，就一口气写出了十首灯谜诗，她那十首灯谜诗除了含有以上几个层次的意义，还更多一层意义，就是她的每首诗都跟一处古迹，或者戏里演的某个地方，有关系。有趣的是，书里有的灯谜诗，作者通过书里的角色去猜，或由作诗的人自己宣布，让读者知道谜底，但薛宝琴的这十首灯谜诗，作者却并不公布谜底，以致两百多年来，历代读者一直在猜，答案还都不能达成共识，你今后也会参与这些灯谜诗的猜测吧？真的很有趣。

　　所以你看《红楼梦》里面的诗，要学会分层次欣赏。《红楼梦》里的诗很多，他们公子小姐组成诗社，有一社是咏白海棠，有一社是咏菊花，后来还出现咏红梅等场景，他们作了很多诗。

　　比如探春的《咏白海棠》：

　　　　斜阳寒草带重门，苔翠盈铺雨后盆。

　　　　玉是精神难比洁，雪为肌骨易消魂。

　　　　芳心一点娇无力，倩影三更月有痕。

　　　　莫谓缟仙能羽化，多情伴我咏黄昏。

理解这首诗的第一个层次，就是要注意它是在什么情况下出现的。公子小姐们住进大观园以后，经历了很多事情，其中包括宝玉挨父亲贾政痛打，那么探春这个角色，在《金陵十二钗正册》中，作者把她排在第四位，说明她"才自精明志自高"，是一个很有主见，也很有凝聚力的女性，她给宝玉、李纨及众姐妹写信，邀他们齐集她的住处，成立诗社，就体现了她的主观能动性很强，很有号召力与组织才能，这是我们必须注意到的。第二个层次，就是来欣赏她这首诗本身，看她是如何切题，字面上所形成的画面感，所勾勒的白海棠花的形态，以及所产生的联想，所传递的情绪，产生出审美愉悦。第三个层次，是领会作者写的这首诗，在体现探春的性格，她有"玉精神"，她追求冰雪般的纯洁，眼里不容揉进沙子，同时也预示了她今后的命运走向，会如同白衣仙子般"羽化"，也就是得道远遁，实际上后来皇帝命她远嫁和番了。

后来诗社又吟菊，林黛玉以潇湘妃子署名写了一首《问菊》：

欲讯秋情众莫知，喃喃负手叩东篱。

孤标傲世偕谁隐，一样开花为底迟。

圃露庭霜何寂寞，雁归蛩病可相思。

休言举世无谈者，解语何妨话片时。

你也能用这个锦囊妙计，来分几个层次，欣赏、理解这首诗吗？其中第三、第四句最重要啊。

书里还有一种吟诗的形式叫联诗，也叫联句，就是开头有一句，一个人联上一句，然后说出一句，由下一个人再往下联，由此往下延续，一直到兴尽才结束。你找一找，书里几次写到联句？参与联句最多的人数，达到了多少？

他们结成诗社，不仅写诗、联句，也填词。又到春天了，柳絮飘飞，史湘云带头，他们就丌始以柳絮为题材填词。在占典诗歌里面，词和诗的区别基本有两点，一点是古典诗它是句子整齐的，但是词是长短句，字数不等；第二，诗呢，由作者自己去取一个题目，词呢，还有不同的词牌，这个词牌是固定的，词牌就规定了这首词应该是多少句，每句应该是几个字。

那么当中有两首词最值得你重视，也要根据我刚才提供的锦囊的那个步骤来加以把握。林黛玉填了一首词，词牌叫作《唐多令》。这首词呢，分上下两部分，大多数词都要分上下两部分。它上部分是这样的：

粉堕百花洲，香残燕子楼。一团团逐队成毬。漂泊亦如人命薄，空缱绻，说风流！

下半部分：

草木也知愁，韶华竟白头。叹今生谁拾谁收？嫁与东风春不管，凭尔去，忍淹留！

我们再次利用这个锦囊：除了了解它是在一个什么契机点上出现之外，要理解它表面的意思，而且要通过读懂它表面意思来理解作者让这个人写这首词，是为了象征这个人的命运，体现这人性格。林黛玉在柳絮飘飞的时候，她就写出了这样一个意思：在春末，水边的花，花粉堕落到水里面，这个水域叫百花洲，那么就说明春天快过去了。岸上有楼阁，燕子在飞，本来这个楼阁那儿，因为周围百花开放，香气很浓郁，但是现在春天快过去了，香气就只剩下残余的一些了。那么就看见柳絮一团一团地被风吹动着，像毬（球）一样地在地上滚动，于是她就想到了自己的命运。林黛玉是个孤女，开头她母亲死了，后来她父亲也去世了，她就寄养在她的外祖母家，京城的荣国府里了，

她是一个漂泊的命运，所以她就说自己和柳絮一样，是薄命，命运不好，也就是有命无运。

那么空空地来留恋这些柳絮，没有什么用处，诉说这个柳絮本身具有的美感，也就没有多大意义了。为什么啊？因为你看那个柳絮，她下边就讲了，它虽然是草木，按说草木跟人应该不一样，人有情感，草木好像是无情的，无知无识的，可是林黛玉指出来，你看这草木，它也有情感，它也知道愁苦，它正在青春时期——韶华，指的是生命当中的青春时期，最美好的那个岁月——她说你看那个柳絮，它就居然头都白了，它发愁啊。

为什么发愁啊？它感叹自己这一生飘来飘去的，最后谁来呵护它，谁来接受它呢？就觉得这个柳絮是被动地，身不由己地嫁给了东风，结果春天就匆匆地迈了脚步要离去，不管它了。怎么办呢？只能够任凭它飘走，尔就是你，凭尔去，由它去吧。哪忍心苦苦地把它留住呢？这是很悲苦的一首词，体现了林黛玉她对自己身世的感叹，和她对今后的命运飘忽不定的一种预感。

书里写得很有意思，薛宝钗也填了一首词，她的词牌跟林黛玉填的这首词的词牌不一样，是《临江仙》，另外一种词牌。薛宝钗念出自己的词之前，就跟大家宣布，说我要反着来，说林妹妹她这个太悲切了，她把柳絮说得太不好了，我偏要说好。她怎么说好啊？她这个词也分上下两部分，上部分：

> 白玉堂前春解舞，东风卷得均匀。蜂团蝶阵乱纷纷，几曾随逝水，岂必委芳尘？

下面这部分她又接着写：

> 万缕千丝终不改，任他随聚随分。韶华休笑本无根，好风频借力，送我上青云！

哇，薛宝钗做翻案文章真是做得好，就跟林黛玉完全不一样了。她觉得这个柳絮应该很快活啊，在一个白玉砌成的宫殿面前，春天都懂得舞蹈，那么东风并不是一个恶劣的东西，它吹动得很均匀，这个时候就看见柳絮出现了，那柳絮很受欢迎啊，蜜蜂也去团团地围住它，蝴蝶也飞来飞去地亲近它，很好啊。

底下她就两个反问，干吗说这个柳絮它最后随着那个流水就流走了呢？什么时候它随着流水流走了啊？别乱说

啊，它难道一定会落在地上被人踩了以后成为芳香的尘土吗？不一定啊。她底下就继续翻案，而且也是她自己的一个自喻，她说我就接受这个命运，万缕千丝终不改，这个柳絮多了以后就会纠缠在一起，是吧，薛宝钗就说了，没事儿，这种命运我接受，我随风摆动，随便它聚，随便它分，我都接受。而且呢，在我的青春年华里我是一个柳絮，不是没根吗，柳絮无根，轻飘飘的，没什么好笑啊，很好啊，怎么样啊？好风频借力，送我上青云！我随着这个东风啊，往上飘，往上飘，一直能飘到青天的云彩里面去。那么这就很符合书里面所写的薛宝钗的情况，薛宝钗她之所以从金陵地区跑到京城来，是为了参加宫廷选秀，她家里面就很早造出舆论，她是一个戴金锁的女孩子，今后要嫁给戴玉的一个男子。所以她是在那样一个社会里面，她就尽量适应那个社会，而且希望凭借这个社会的各种力量，得到地位的提升。

再强调一下：欣赏《红楼梦》的诗词要分层次。那么有人提醒我，说一定要跟同学们说清楚，《红楼梦》有两句诗是最好的，是联诗当中出现的，书里有一回写公子小姐们，在一个叫芦雪广的园林建筑里，集体联诗，"广"在这个地方要发"掩"的音，是一种依山傍水的园林建筑。

那一次联诗，第一句是王熙凤说的，叫作"一夜北风紧"，王熙凤文化水平低，本不会作诗，但她随口说出的这句，倒引出了众人浓酽的诗情，最后联成一首长诗。

联诗也可以两个人来联，书里有一回写到林黛玉和史湘云在中秋之夜，在大观园当中一处叫作凹晶馆的地方，两个人联诗，就联出了到现在所有的《红楼梦》读者都赞叹不已，混在唐诗里面也毫不逊色的两句。哪两句啊？"寒塘渡鹤影，冷月葬花魂。"这样的句子蹦出来，真是登峰造极了，再往下，真就不好联了，书里写得很妙，就是正在这个当口，第三个人忽然从山石后转了出来，那人就是拢翠庵的妙玉，妙玉听见了她们前面的联句，把她们请到庵中，一口气往下续写，形成一首非常精彩的长诗，林黛玉、史湘云大为惊叹，说原来大观园里还有这样现成的诗仙啊！

阅读欣赏《红楼梦》，可以依照我给你的这个锦囊，在某几次阅读时，单来欣赏其中的诗词歌赋。具体的步骤可以是：

先找出书中的对联来欣赏。中国古体格律诗，比如五言、七言律诗，它的第三、第四两句和第五、第六两句，都应该是一副对子。过去学作诗，往往就都从学对对子入手。书里第一回就有贾雨村吟出的对子，贾雨村这个角色虽然后来暴露出其恶劣的品质，但他的文才还是不错的，他当过林黛玉的家庭教师，林黛玉的诗写得那么好，他应该是起到启蒙作用的。书里写贾政领着贾宝玉等人在造好的园林里游览，让宝玉给一些景点拟对联，其中有的对联，如在沁芳亭上拟出的"绕堤柳借三篙翠，隔岸花分一脉香"，在后来命名为潇湘馆处拟的"宝鼎茶闲烟尚绿，幽窗棋罢指犹凉"，在后来命名为稻香村处拟的"新涨绿添浣葛处，好云香护采芹人"，以及在后来命名为蘅芜苑处拟的"吟成豆蔻才犹艳，睡足酴醾梦也香"，都既贴切又优美，既规整又灵动。

再细读书中香菱拜林黛玉为师，学习写诗的那些情节，林黛玉怎么她跟讨论诗歌意境的，林黛玉怎么告诫她不可喜欢那些雕琢浅近的诗句的，林黛玉跟她推荐了哪些诗人的哪些诗，我就不展开了。但林黛玉有一句话很重要，你一定要牢记：词句究竟还是末事，第一是立意要紧，若意趣真了，连词句不用修饰自是好的，这叫作不以词害意。后来让香菱以《月》为题作诗，香菱废寝忘食，连写了三首，第一首不及格，第二首跑题，直到第三首才入了门。读《香菱学诗》，其实也是自己学诗，细读是很有意思的。

再去读元妃省亲时人们所写出的那些诗。再去读吟白海棠诗、吟菊花诗、吟红梅诗，等等。

再读联句。

再细读灯谜诗。

再读林黛玉的长诗，《葬花词》《秋窗风雨夕》《桃花行》。

最后，读吟姽婳将军的诗。

中国古代诗歌的发展，除了诗、词的形式以外，还有曲。唐代诗歌最发达。宋代词的创作最繁荣。元代开始，曲这种形式兴起。《红楼梦》第五回，在太虚幻境，不但用薄命司里的册页预示了《金陵十二钗正册》中各钗的命运走向和最终结局，警幻仙姑还安排贾宝玉听曲，是一套曲，中间十二首曲，分别唱出《金陵十二钗正册》中各钗

蓼汀花溆

孝化應隆

的命运与结局，前后还有引子、尾声，进行总体概括。这些各有独特名目的曲，其实也是一种诗。你都应该仔细读，潜心体味。书里写贾宝玉应邀到一位将军的儿子家里参与宴饮，宴饮中各人唱曲，其中贾宝玉唱出一首《红豆曲》：

滴不尽相思血泪抛红豆，开不完春柳春花满画楼，睡不稳纱窗风雨黄昏后，忘不了新愁与旧愁，咽不下玉粒金尊噎满喉，照不见菱花镜里形容瘦。展不开的眉头，挨不明的更漏。呀！恰便是遮不住的青山隐隐，流不住的绿水悠悠。

辞藻华丽，意境丰富，流溢出浓酽的伤感情绪。你不必去认同曲里的价值观与贵族公子的那种情感，但是作为一首诗，它呈现的画面感，用词的精当，以及韵律的生动流畅，还是值得欣赏的。另外你要注意，书里在写诗社活动的时候，总写宝玉不是落第，就是干脆白卷，其实并非宝玉没有诗才，早有评论家指出，宝玉是故意贬低自己，好让青春女性大展才华。他独自作诗，却非常出色。

最后，你要读贾宝玉写出的《芙蓉女儿诔》，这篇悼念晴雯的诔文里，几乎糅合进了从秦代以前，到汉代、晋代，一直到隋唐、宋代、元代、明代、清代初期的所有古典文化的元素，里面有秦汉古文般的句子，有骈文，有赋，有骚体诗句；骈文，赋，是古代的非常讲究对偶、排比、押韵等修辞手段的文体，具有诗的品格；骚体，就是战国时期楚国的大诗人屈原，创造出了一种很特别的诗歌形式，代表作是《离骚》，后来就把这种形式的诗歌叫作骚体诗，它的特点是几乎每句最后都有一个"兮"的感叹词。当然，把《芙蓉诔》读下来，把每个字都读准确，把每一句都理解到位，把其中体现的思想情感琢磨透，是很不容易的。但你可以先囫囵地读，懂多少算多少，等你长大成人，再读，加进你的人生经历、生命体验，你会懂得更多，享受到更多中国古典义化的魅力。

这个锦囊，你如果用得好，最后，可能跟香菱一样，不仅能懂诗，自己也能作诗，那多好啊！

四大家族

—— 记住书里所揭露的贵族家庭

　　第七个锦囊，要怎么帮助你去把握《红楼梦》呢？你要知道《红楼梦》它实际上是写封建社会豪门贵族的罪恶的一部小说，而这个豪门贵族里面的一些年轻的公子小姐他们是无辜的，但是，他们的长辈，他们的家族，在那个社会上属于统治阶级，有很多的问题。所以了解《红楼梦》里面的豪门贵族的设置是非常必要的。

　　那么这个锦囊就告诉你，你要把握住全书第四回里面所提到的四大家族。要记住，《红楼梦》里面写了四个贵族家庭的故事。哪四大家族呢？第一，是贾氏宗族，这是小说里面写得最多的。当时这个社会上对这样的豪门贵族用顺口溜来形容他们，那么形容贾氏宗族贾家是什么顺口溜呢？叫作"贾不假，白玉为堂金作马"。就是这个姓贾的家族，听着好像它是假的，你豪门贵族你是假的吧，它可不假，它是真正的豪门贵族，它的殿堂就好比是白玉打造的，他们骑的马就好比是金子铸成的。

另外一个家族就是史家，有一句顺口溜形容这个史家，叫作"阿房宫，三百里，住不下金陵一个史"。阿房宫是秦朝建造的一座很大的宫殿，这宫殿后来成为一个烂尾工程，因为它还没有建筑完，秦朝就覆灭了，可见它规模非常之大，据说有绵延三百里这样的规模。可是就是这样的一个宫殿，都住不下金陵地区一个豪富人家，就是姓史的这家人，可见这个史家当初真是不得了，不光富有，而且人丁旺盛。

有的同学可能会闭眼一想，说这个书里写的贾家这明摆着，不用说了。写的史家，谁是史家的人呢？它没有正面写到史家的府第,但是小说当中有一个非常重要的人物，书里叫贾母，她是荣国府这个国公爷的配偶，故事开始以后，宁国府也好，荣国府也好，国公就都死掉了，同一辈分的只剩下一个，就是荣国府这个贾母，她是贾氏宗族故事开始以后辈分最高的一个老太太。

但是你要注意哦,她从哪个家族嫁到贾家的？从史家，她本身姓史，所以书里面有时候把她叫作贾母，有时候把

她简称为老太太，有的时候会称她为史太君，就是因为她是当年史家的一个小姐，嫁到了贾家，贾史两家是联姻的。书里面还写到了一个重要的人物就是史湘云，史湘云是史家这个大家族的一个后代，她本人父母双亡了，但是平时还有两家叔婶来照应她。

书里写得很清楚了，她的一个叔叔是封侯的，另一个叔叔也封侯，所以史家到了故事开始以后还是很强大的，居然有两个男性的后代都被皇帝封为侯爵。过去贵族的等级，你掌握吗？分公、侯、伯、子、男五等。公爵第一等，侯爵第二等，所以史家虽然跟贾母一辈的那样的人物已经没有了，不如顺口溜里所说的那么不得了了，但是，他们有两个后代都封了侯爵，一个叫作保龄侯史鼐，一个叫作忠靖侯史鼎。

《红楼梦》里面首先有贾家，贾氏宗族，后有史家，然后就是王家。

王家在书里面很重要，是四大家族当中很重要的一家，也有一个顺口溜，说这家人，叫作"东海缺少白玉床，龙王来请金陵王"。可见这个王家富裕到了什么程度。传说大海里面有一个龙王，龙王很神气啊，管所有的海域。这个龙王呢，本来过得很奢侈了，可龙王想进一步奢侈，想

要一个白玉床，一个白玉打造的床，没有，求谁去啊，就求陆地上的王家。龙王就来拜见金陵的这个王家了，能不能借我或者是卖给我，甚至送给我一个白玉床啊？对王家来说，居然就可以做到，所以王家也是不得了的。

书里面王家人物都有哪些呢？书里面荣国府的府主是贾政，他是贾母的一个儿子，他娶的正妻就是王家的一个小姐。书里为什么把贾政的太太叫作王夫人啊？就是因为她是从四大家族里的王家嫁到贾家来的。

这个王夫人她的妹妹,偏偏又嫁给了另外一个贵族家族,

就是薛家。形容这个薛家，民间也有顺口溜，叫作"丰年好大雪，珍珠如土金如铁"。这家人富贵到什么地步啊？"丰年好大雪"，通过这句话来谐他姓氏"薛"那个音，过去南方人薛、雪的发音差不多，谐音，就是好大的一个薛家啊。这家富裕到什么程度呢？珍珠是很珍贵的东西对不对？可是对他们家来说就跟泥土一样，到处都是；金子很珍贵吧？对他们家来说，金子就跟铁一样不值钱，他们有的是。

那么在有的《红楼梦》版本里面，四大家族排列顺序是把薛家排在最后，就像我说的这样，也有的是把王家排在最后，这些版本差异不要紧，总之，同学你要记住，书里面有四大家族，关于对四大家族的理解，这个锦囊妙计之一，就是要记住老百姓对他们的形容，记住四个顺口溜。

书里面贾家是被封为国公爷了，因为开国的时候，贾家的祖辈为这个皇朝立下汗马功劳，所以开国以后就被封为公爵，一等贵族。那么宁国公死了，荣国公死了，底下一辈可以继承贵族头衔，但要往下降一降。宁国公的一支呢？宁国公死了以后，他的儿子叫贾敬，这个贾敬是宁国公的长子，他本来应该袭一个贵族头衔，但他这个人不要，他信道教，他都不在城里宁国府住，他跑到城外道观，跟道士们一起炼丹，他就把他应该得到的贵族头衔让给他的儿子了，小说里面写到他的儿子叫贾珍，这个贾珍是和贾宝玉一辈的，是贾宝玉的一个堂兄。

贾珍袭的贵族头衔就降了格了，是一个三等将军，那也不错啊。在荣国府这边，荣国公去世了，贾母跟荣国公所生的长子，还不是贾宝玉的父亲，叫贾赦，是贾宝玉父亲贾政的哥哥。贾赦是长子，他袭的爵位是一等将军。这些人物关系你可千万要记住，你只有记住了，你才能够捋清楚这四大家族是怎么回事。

王家也是在朝廷有头衔，做大官的。故事开始以后，就交代王家有一个叫王子腾的人，做很大的官，最后官升到金陵节度使，九省统制，九省都检点，很大的官。那么这个人应该是王夫人和薛姨妈她们的一个哥哥，或者是弟弟，书里没有很明确地交代，但肯定是她们的亲兄弟。

史家呢，刚才已经交代了，到了现在这一辈，还有两个人袭了侯爵，那就比这一等将军和三等将军都高了，而且他们不仅有贵族头衔，也掌握一定的权力，为皇帝去做一些具体的事情。

薛家呢，为什么跟他们列在一起？他们家的祖上是宫廷采买。你现在去逛北京的紫禁城，很大一个皇城啊，但是皇帝以及他的皇宫里面的人需要用很多东西对不对？就

你没十分冤莫到公堂免何家悬望

需要有人给他们采买啊，就养了一些给他们做采买的人，薛家祖上就是干这个的。所以故事到了《红楼梦》开篇以后，虽然薛姨妈的丈夫死掉了，而薛蟠呢，继承了父亲的这份差事，还能从宫里领出大把的银子，去为皇家采购种种物品，也依然是很有权势的。这种宫廷买办，不但会贪污一部分领出的银子，采购来的东西，有的也会截留下来自己享用，书里就写到薛姨妈拿出一匣子本来是供应宫廷里的妃嫔们的宫花，让王夫人的女仆拿去分给众位小姐和王熙凤佩戴。

这贾、史、王、薛四大家族，他们联络有亲，叫作一荣俱荣，一损俱损，他们四个家族互相扶持遮饰，皆有照应。

所以不光是要注意书里面有贾宝玉，有金陵十二钗，还要知道背后的大背景是四大家族。

这四大家族问题很多，有不少罪恶。贾氏宗族，别的人且不说，贾赦就很糟糕。他的贵族头衔是一等将军，你千万不要误会，以为他是带兵打仗的将军，他文不能文，武不能武，完全没有带兵打仗的本事，书里也没写皇帝让他带兵打仗，他那一等将军只是个头衔，他顶着那么个贵族头衔，可以定时从朝廷领到银子，享受待遇，每天就是吃喝玩乐，他弟弟贾政，皇帝赐了个官当，叫作工部员外郎，每天还需要去上班，有时候皇帝还派贾政出差，到外地去管些事，比如负责主持科举考试、救灾赈灾等，贾赦却连那些事情都不必做。按说皇帝对他这么优待，他应该遵照皇帝的规定吧，但皇帝禁止京城的贵族结交外地的官员，他却知法犯法，几次派他儿子贾琏，到平安州去结交外官，谋取私利。他爱好收藏，喜欢收藏古扇。古扇中的折扇，一是讲究用特别高级的材料制作扇骨，二是讲究扇面上有前代名画家的绘画。他已经收集了不少，但有一天忽然觉得自己多年收藏的古扇，全都不中用了，为什么呀？因为他听说一个家里已经破落，穷得叮当响的小市民，外号石呆子，偏还藏有二十把极其珍贵的古扇。他就一定要争夺过来。他先派儿子贾琏，找到石呆子，贾琏在石呆子家，看到了那些古扇，确实非常罕见，极其珍贵，就要买下，石呆子说他绝对不卖，死了也不卖，贾琏回家跟父亲贾赦汇报，贾赦就骂他没能耐。后来贾赦通过在京城当上审案子的大官的贾雨村，诬赖石呆子拖欠官银，就是硬说石呆子欠官府的钱，必须马上还来，石呆子根本没欠官府钱，再说也根本没有银子，还不了，贾雨村就判决：那就抄你的家，把抄出来的东西抵算欠款，就让衙役抄了石呆子家，抄出了那二十把古扇，给没收了，然后贾雨村就把那二十把古扇拿去献给了贾赦，贾赦就这么霸占了一个小市民视为生命一样珍贵的藏品。贾赦在这之后把贾琏叫到跟前，说你怎么就没办法，看人家贾雨村，这不把扇子给我拿来了吗？贾琏其实也很糟糕，但比他爸多少还剩点良心，就顶了句嘴，说贾雨村为这么件事，把石呆子弄得坑家败业，也算不得什么能为。贾赦就大怒，抄起屋里可以打人的家伙，就对贾琏一顿暴打，不仅打伤了身体，连脸也打破了。这个情节，就揭露了四大家族贾家的罪恶，真令人气愤。这个贾赦还是个色鬼，他看上母亲身边的大丫头鸳鸯，想逼迫鸳鸯做他的小妾，鸳鸯拼死抵抗。因为贾母缺不了鸳鸯的精心伺候，拒绝了贾赦，但贾赦放出话来，说等贾母死后，他还是要对鸳鸯下手，后来贾母死了，鸳鸯为了捍卫自身尊严，就自尽了，实际也是被贾赦害死了。

王家呢，王夫人嫁到荣国府，成为贾政的正妻，作为女奴隶主，她迫害女奴，除了害死金钏、晴雯两条人命，还造成丫头四儿、芳官等的悲剧。王熙凤，作者肯定了她的管理才能，以及她接济农村来的刘姥姥的善行，也写出她对府内弟妹们的照顾，比如为她们在大观园里设立厨房，可以就近解决进餐问题等，总之她确实有优点，她的人性中有好的一面，但作者也毫不留情地写出，她贪婪钱财，

府里公子小姐包括丫头婆子的月钱——就是每个月固定要发给的银子或铜钱，当然会分成不同的等级有多有少，都由她来发放——她就总是拖欠，为什么拖欠？她是从总账房全部领出来以后，立即拿到社会上放高利贷，那种短期的高利贷。她把利息定得特别高，超过朝廷法律限定的标准，她总是要等到连本带利到达她手里以后，再往下发放，这样每月里赚取大笔的银子，归她自己。书里更写到，在为秦可卿办丧事时，在铁槛寺，那里的老尼姑求她拆散一对互相有好感的青年男女的婚姻，说是如果事成，她可以从中获得贿赂她的大笔银子，她就居然连丈夫贾琏也瞒着，答应下来，然后让忠于她个人的小厮，制造以贾琏名义写出的假信，让人觉得是荣国府的权势压了下来，不能不服，这样就果然把坏事办成，结果那一对被拆散的青年男女，就双双自杀，她其实也是有人命罪行的。

薛家，那薛蟠为霸占甄英莲，指使手下人把一个叫冯渊的小市民活活打死，前面讲过，不再重复。

史家，书里出现的史太君，也就是贾母，倒还比较开明，史湘云天真烂漫，但那两位封了侯爵的究竟如何，书里顾不上写，其实也不难想象，四大家族他们是同质的，肯定也都有其罪恶。

按作者的总体设计,这四大家族后来陆续被皇帝治罪,那些糟糕的长辈被治罪,并不值得同情,但书里的这些公子小姐,他们并没有做什么难以被宽恕的坏事,却遭到牵连,最后命运都不好,叫作有命无运,就值得我们给予一定程度的同情。

　　那么这又是我教给你的一个阅读《红楼梦》的锦囊。你在阅读书里的故事情节的时候,要注意到这四大家族的种种动向。

锦
囊
八

空间概念

—— 故事主要发生在哪些地方

　　《红楼梦》的故事，就空间而言，神话部分不算，人间里，主要有两个大空间概念：一个是金陵，就是四大家族的祖籍，对这个空间的描写，主要集中在第一回和第二回；从第三回起到第八十回，故事发生的空间，就都在京城里了。

　　有的少年朋友，总弄不清书里那些故事情节的空间，究竟是哪里，特别搞不清这些空间之间的关系。这个锦囊，就是让你能对书里故事情节发生的空间，有明晰的概念，再读《红楼梦》，你就胸有成竹，仿佛置身其中了。

　　第三回写林黛玉从扬州到北京，应该是先乘船沿着大运河，从水路进京。故事里的京城，其实就是北京。大运河最北端的大码头，应该是通州张家湾。在张家湾码头下船，乘车轿进城，应该是由东向西，从东边城门入城，再往西北行进。书里写贾元春回家省亲，家里盖了个大观园为她省亲使用，她让弟妹嫂子等吟诗，薛宝钗写的那一首，劈头一句就是"芳园筑向帝城西"，可见林黛玉要去的荣国府，那时虽然还没建大观园，但位置应是在京城的西边，从后面的一些描写，可以更精确地知道，是在京城的西北部。

　　林黛玉在护送她的仆役簇拥下，乘轿子进了城，轿子有小窗户，可以掀开窗帘朝外张望，她就看见了繁华的京城景象。后来车轿进入一条街道，就是宁荣街，林黛玉一行由东向西移动，先看见街北一座贵族府第，三间宽阔的装饰着兽头的大门，两边蹲着大石头狮子，正门上挂着"敕造宁国府"的大匾，这还不是林黛玉的目的地，她继续前行，再往西，另一座贵族府第出现，是敕造荣国府，那才是她要去的地方，但她进入荣国府的大门了吗？没有，轿子还要继续往西，轿夫把她抬进了西边角门，进了那个角门，再行进了（那时候拿弓射箭）箭飞出去那么长的距离，应该有如今的几十米吧，才停下来，又另换了府里的小厮抬那轿子，抬到一个垂花门前面，小厮退下，女仆才掀开轿帘，扶林黛玉下轿，进入那个垂花门，才是林黛玉首先要去的地方。垂花门，是中国古代建筑中一种华丽的门，一般不作为大门，也不跟大门在一条轴线上，是一种从大门过渡到另一豪华院落的二门。它的特点，是门上有巨大的造型优美的门罩，门罩两端垂下的木结构，雕成大丽花或牡丹花的模样，所以叫作垂花门。进入垂花门，那才是林黛玉外祖母贾母居住的院落。随后书里有对这个院落非常具体的描写，非常气派，极其华美。然后进入这个院落高大宽阔的正房，林黛玉见到了贾母，贾母将她搂在怀里，哭着叫她心肝肉儿。

后来有许多情节，都发生在贾母这个院落，特别是贾母居住的这个正房里面。你要使用这个锦囊，把这个空间里的那些主要情节，都搜索出来，加以记忆。贾宝玉本来就跟贾母一起住，林黛玉来了以后，贾母也让她跟自己一起住。贾母那正面五间的正房非常高大宽阔，里面又分割为若干的活动空间，贾母自己住在暖阁里，贾宝玉原来住在碧纱橱里；暖阁，一般设置在朝南的大窗户里面，会有大炕，当然是用最讲究的上等砖砌的炕，炕上会有非常舒适、非常豪华的炕褥；碧纱橱，是用精美的木隔扇隔出的空间，隔扇上会糊着美丽的绿纱，绿纱上面还会绘制出精美的图画，会有推拉门用来进出。原来宝玉就睡在碧纱橱里，林黛玉来了，贾母说让宝玉出来跟她一起住暖阁，把林黛玉安置在碧纱橱里，宝玉说不想打扰祖母，愿意就睡在碧纱橱外面的床上，贾母同意了。碧纱橱里外的空间也都很大，里外都不是睡炕而是睡床，《红楼梦》里写贾氏宗族的生活情景，睡觉是炕床两见，更说明所写的是北京的生活，如果是在南京，那就只睡床，不可能睡炕。你一定不要把宝玉和黛玉居住的空间想象得很狭窄，实际上以碧纱橱分割开的两个空间，进入碧纱橱，先有伺候黛玉的丫头婆子住的空间，再往里，才是黛玉睡觉活动的空间，书里写"意绵绵静日玉生香"那段故事，就发生在这个空间。有读者以为贾宝玉所睡的床，隔一个隔扇就是黛玉睡的床，大错！出了碧纱橱，应该还有宝玉的丫头们居住活动的空间，过年时麝月独自守在那里，怕灯火有所闪失，宝玉给她对镜篦头，应该就在那个空间里，越过那个用另外的隔扇或围屏帘幔隔出的空间，才是宝玉睡觉的地方。书里写宝玉为自己的居住空间写了"绛芸轩"的大斗方，让晴雯登着梯子贴到门额上，黛玉见了夸写得好，说让他也给自己那边题个匾，可见他们即使同在贾母的正房里，实际上各有各的单元，不是同居，是邻居关系。后来史湘云来荣国府，一度跟林黛玉同住，同睡一张床。再后来薛宝琴来荣国府，贾母特别喜欢，就留她在自己的暖阁里一起睡，

当然那时候宝玉、黛玉都不住贾母那里，去大观园住了。

发生在贾母这个居住空间里的情节非常之多，贾母好热闹，书里后来交代，贾母这个大院子后来又加盖了花厅，花厅是专门用来宴客、看戏的华丽空间，一般在花厅周围还会布置出美丽的园林。

书里写林黛玉到了荣国府，见了外祖母以后，就去拜见两位舅舅。首先要拜见大舅贾赦。你要特别注意，贾赦虽然是贾母的大儿子，而且在贾母丈夫死了以后袭了贵族头衔一等将军，但他不住在荣国府里面，他另住在荣国府东边隔壁的一个黑油门的院子里。这一点，竟连有的评说《红楼梦》的作家学者也没弄明白，有的就说贾赦住在宁国府。你现在有这个锦囊，你就门儿清。书里写贾赦的正妻邢夫人，从贾母那里带林黛玉去拜见贾赦，是要先出贾母那个大院子，走出垂花门，再出了整个荣国府，到了街上，还要坐车往东走一段，越过荣国府正门，到那个黑油大门前停下，下了车，进那个门，才是贾赦邢夫人住的院子，比贾母那个院子小，但也有好几进，建筑十分别致。当时贾赦在家，却没有接见林黛玉，贾赦传出话来怎么说的呀？你翻书查查。这个大舅对这个外甥女一点感情也没有啊。

后来林黛玉又回到贾母那边，再从那里去拜见二舅贾

政，仆妇们带她过去。原来在贾母所住的那个华丽的大院子的东边，有个大夹道，夹道的东边，才是荣国府主建筑群中轴线上的建筑，贾母那个西院和荣国府中轴线建筑群之间，各方都有穿堂门，以便来往。附带说一下，这条夹道的最北端，有个粉油的大影壁，影壁是中国古典建筑里，建造在门外或门里，用来遮蔽视线，以免一览无余，也具有装饰作用的建筑构件，在那个影壁后面，有个小院落，是贾琏王熙凤夫妇居住的地方。贾琏虽然是贾赦的儿子，却不跟父母同住，他被叔叔贾政请到荣国府管家，就跟媳妇王熙凤住到了这个院子里，书里许多情节发生在那个小院里，像刘姥姥一进荣国府，就被王夫人的陪房周瑞家的，带到了那个地方。

　　林黛玉进到荣国府中轴线的主建筑群，你可以想象，如果从荣国府正门进入，那么需要越过好多道门厅，才能最终到达这个中轴线上最重要的空间，它后面还有另外的空间，但这个五间大正房构成的空间是建筑群的一个高潮。林黛玉进去一看，不得了，正厅里高挂着皇帝给荣国府亲自题写的金匾：荣禧堂。

还有乌木錾银的一副非常高档的对联，摆放着非常贵重的文物，但贾政王夫

人平时起居活动的空间是在旁边的耳房里，林黛玉进到那里，王夫人告诉她，二舅不在家，斋戒去了。斋戒是当时官员常有的一种行为，就是在参与祭祀活动时需要忌荤静闭。因此林黛玉来到荣国府，两个舅舅都没有见她。后来还有若干情节，是发生在王夫人起居的这个空间里的，贾政只是偶尔过来，从书里后面写的可以知道，贾政当时喜欢他的一个小妾赵姨娘，贾政从官府下班以后，在府里经常待的空间，是外书房，应该是在夹道附近，他晚上让赵姨娘服侍他睡觉，也就在外书房附属的房屋里。赵姨娘和贾政的另一个小妾周姨娘，应该是住在正房大院旁边的厢房里，厢房后面应该还有小院子。赵姨娘和她生卜的一个儿子，就是宝玉的同父异母的弟弟贾环，平时总住在一起。

在王夫人住的正房后面，有几间抱厦，就是从正房后面接出去盖成的比较小的房子，迎春、探春、惜春一度住在那里面，李纨也住在附近。

在荣禧堂东边，应该也有夹道，不过再往东就没有像贾母那样大的院落了。东边与荣国府一墙之隔的，就是贾赦邢夫人住的那个黑油大门的院落，但那隔墙上并没有互通的门，书里写明贾赦贾政并没有分家，但居住的方式如此特别，引起不少读者好奇，也有不少研究者提出这样那样的解释，但你要清楚，书里就是这么写的，如果有人跟你说贾赦住在宁国府，或者跟贾政住在荣国府的同一空间，你要驳斥，因为你现在掌握了这个锦囊，你对书里所描写的空间关系非常清楚。

当然荣国府里也会有给仆人居住的空间，特别是结了婚成了家的仆人，那就需要给他们提供宿舍，一般是排房，地位高点的仆人分到的住房会多点，地位低点的分到的就会少些。有片这样的宿舍在府第的背面，也就是北边，那里有荣国府的后门，后门外是条小街，白天会有些小商贩在那里卖东西。刘姥姥第一次到荣国府，前门根本进不去，只好到后门，结果进到后门，在仆人宿舍找到了周瑞家的。周瑞家的是王夫人的陪房，在仆妇里算地位高的，她的住房就还不错，而且也有小丫头伺候，从仆

人宿舍再往府里走，二道门那里会有把门的，如果没有周瑞家的带领，刘姥姥也是进不去的，后来终于进去，而且被带到了王熙凤住处。

书里写王夫人一怒之下撵出了大丫头金钏，金钏被撵出，就是被她母亲接回到仆人居住的空间，那里有水井，金钏觉得羞耻，投井自尽了。再后来王夫人又撵出了晴雯，也是撵到仆役居住区，晴雯的姑舅哥哥嫂子那里，宝玉偷偷去看望晴雯，书里有对那种仆役居住空间及生活条件的细致描写，跟府里主子们的居住空间与生活条件一对比，真是天上地下，其巨大差异令人咋舌。

书里写林黛玉来到荣国府不久，薛姨妈一家随后也来了，薛家本来在京城自己有房，却没有去住，住进了荣国府，而且一住就好几年。他们开头住在荣国府里一处叫梨香院的地方，那本是荣国公在世的时候，年纪大了静养的一处院落。梨香院的位置在荣国府的东北角，有个小门通街。贾宝玉和薛宝钗互看佩戴物——通灵宝玉和金锁——就在那个空间，后来林黛玉也过去，大家一起喝酒，宝玉喝醉了，也是在那里。

这个梨香院，在贾元春回府省亲前，因为需要在省亲中演戏，贾氏宗族就派了宗族中一个公子贾蔷，到姑苏买

来十二个女孩子，派教习教她们唱戏、排戏，薛家就搬到更东北角的一个院落去了，梨香院就用来让戏班子使用。其实中国从唐朝起，梨园、梨香，就都含有戏班子使用空间的意思，这里不细展开解释了。第三十六回后半回，叫"识分定情悟梨香院"，是很重要的一段情节，出场人物有贾宝玉、小戏子龄官和贾蔷，具体怎么回事，你以后可以细读，但你先要记住这个空间。

在梨香院附近，有荣国府的办事机构，账房之类的设在那里，那应该是一组建筑，书第八回写宝玉从贾母的院子去东北方向的梨香院，就遇上了几个管事的。荣国府里还有面积肯定不小的马棚，老爷少爷出门，常常骑马。刘姥姥二进荣国府，被贾母接见，刘姥姥信口开河，讲了个冬天里美女到农家院子里抽柴的故事，忽然屋外的仆人吵嚷，原来是府里东南方向的马棚"走了水"（旧时代忌讳直接说着火），贾母闻讯还让人扶出屋子到屋廊下去张望，望见东南方现出火光，当然马棚的火被扑灭，贾母等也就回到屋里。贾母站在屋廊下能远远望见东南方火光，可见屋基非常之高。

前面提到贾母院落与荣禧堂所在的中轴线建筑群之间，有比较宽阔的夹道，这条夹道北头影壁后是王熙凤住处，这条夹道你一定要重视，它是许多情节发生的舞台。宝玉的小厮们，打头的叫焙茗（后来又写成茗烟），他们往往会在夹道外书房外面，聚集在那里等候差遣，没有被派做事，就下棋，甚至爬到屋檐上掏鸟窝，有时候打扫卫生的一群小厮，会拿着扫帚簸箕出现在那里。宝玉一个丫头小红，常被大丫头们排挤，她就在这个夹道里，遇上了贾芸，擦出火花，后来衍生出许多的故事。贾芸是跟荣国府同宗的一个比宝玉矮一辈的宗族成员，家里已经没落，相当穷窘，他为了到荣国府谋一个差事，总跑到这个夹道里来寻找机会，一次遇到贾琏和宝玉，他年纪比宝玉大，却乖巧地主动要当宝玉的干儿子，后来他在这个夹道里终于见到路过的凤姐，恭维凤姐，献上香料，获得了在大观园里补种花草树木的美差。古本《石头记》里，脂砚斋批语透露，在这个夹道的通往贾母院的穿堂门外，八十回后会有凤姐"扫雪拾玉"的情节。

荣国府北部还有座长楼，楼上是府里储存东西的地方，书里多次写到从那里面取出东西来使用。这种长楼又叫罩楼，仿佛一面高墙，将前面院落罩住。

说完荣国府，再说宁国府。当年贾家祖上两兄弟，帮助书里的皇帝打天下有功，皇帝就封哥哥为宁国公，弟弟

为荣国公，到书里故事开始的时候，这个家族已经有一百年的荣华富贵了。宁国府地位比荣国府高，当时的社会在方位上是东比西贵，所以那条街上，宁国府在东边，荣国府在西边。书里的角色，嘴里说东府，就是指宁国府；说西府，则是指荣国府。从建筑规模上说，宁国府比荣国府要大。荣国府的建筑群里，没有楼，宁国府却有很漂亮的天香楼，书里写在天香楼里可以演戏看戏，后来秦可卿上吊，"画梁春尽落香尘"，就是在天香楼；书里还写贾珍带领子侄们在天香楼下的箭道演习射箭，把宝玉也拉去参与。但是书里对宁国府建筑的描写总体比较概括，没有像写荣国府那么细致入微。另外要记住，在宁国府西部，有一个空间是贾氏宗族的祠堂，第五十三回有关于祠堂及祭祀场面的很具体的描写。

当然，必须说说大观园。原来并没有这么一个园林，后来书里说贾元春得到皇帝宠爱，才选凤藻宫，加封贤德妃，准许她回荣国府省亲，这不仅是荣国府的荣幸，也是整个贾氏宗族的荣幸，所以就由族长贾珍充当总监，建造出了大观园。大观园的位置在哪里呀？就在荣国府的东北部。荣国府拆了大片仆人居住的群房，腾挪出的地面，跟宁国府西北部原来的一个叫会芳园的大花园，汇成一片，那会芳园里本来就有山有水，又请一位著名的园林设计师叫山子野，精心设计，造成一座周边三里半的豪华园林，最后由贾元春在省亲时定名为大观园。荣宁两府间原来有条小巷，并非官地，是贾氏宗族私产，并入当然不成问题，贾赦所住的那个院子，北部够不着所规划的园林区域，也就互不妨碍。

书里第十七回，有对建造成的大观园的非常详尽的描绘。那部分文字，有夸张的成分。而且，几乎把中国东西南北所有的古典园林的精华全集中到一起了，尤其在植物的描写上，就更显得夸张，但作为一部文学作品，这样的夸张手法是不必去叫真质疑的，在现实主义的框架下，融汇进浪漫想象，这小说读起来就更有味道，更迷人了。

大观园里描写得最多的，首先是贾宝玉居住的怡红院，许许多多的情节发生在这个空间里。然后是林黛玉居住的潇湘馆。薛宝钗居住的蘅芜苑，贾探春居住的秋爽斋，李纨带着贾兰居住的稻香村，也都有比较细致的描写。贾迎春住的缀锦楼（后来又说住紫菱洲），惜春住的蓼风轩（后来又说住暖香坞），描写较为简略。大观园里许多园林建筑并不专门住人，属于共享性质。你可以从书中检索出以下的园林建筑，并记住这些空间里有些什么情节：滴翠亭、

沁芳亭、藕香榭、芦雪广、蜂腰桥、柳叶渚、翠樾埭、凸
碧堂、凹晶馆……当然，更不能忘记，园中还有一处拢翠庵，
是带发修行的妙玉的住所。元妃省亲行大礼，大开筵宴，
以及命宝玉、姊妹、李纨等题诗，看戏，则是在园中正殿。
书里写探春、李纨、薛宝钗三人在凤姐生病时，代理府务，
使用了园门口南边的三间小花厅作为办公室，在那个空间
里故事也不少。

　　有意思的是，作者不仅写了大观园里公子小姐居住的
华丽空间，还写到后来大观园里设置了厨房，位置在后门
旁，那里根本看不到园子里面的美景，厨房的厨头柳嫂子
的女儿，叫柳五儿，因为身体弱，老没被分配工作，就想

在身体好些时，能争取到怡红院去当丫头，她在没得到那份工作时，不敢违背府里的规定，私自进园游逛，只能在离厨房不远的地方转悠，她就抱怨，什么美景也看不到，光看见些大树、大石头和大屋子的后墙。书里有一些篇幅写到厨房内外发生的争斗，还延伸到后门外面，柳嫂子他兄弟家。

　　有的读者，往往因为对书里所描写的这些空间位置不清楚，就把情节混淆起来。比如书里有段情节讲的是袭人回家过年，回到荣国府，跟宝玉说她家想把她赎回去，宝玉舍不得她，两人就此过话，有的读者就觉得是发生在大观园的怡红院里，那段情节回目的上半回叫"情切切良宵花解语",那时候虽然大观园造好了,元妃也省过亲了,但贾宝玉还并没有住进大观园怡红院。书里写元妃省亲后,大观园一度锁闭,到第二十三回,才写到元妃下谕旨,让宝玉、小姐们以及李纨带着贾兰住进去,因此从第十九回到第二十二回,所写到的种种情节,史湘云出现呀,因为看戏闹矛盾呀,元宵节猜灯谜呀,等等,都不是发生在大观园里面的。

接受了这个锦囊以后,你可以闭上眼睛,先顺着林黛玉进京后,进入宁荣街的活动路线,想象一下,甚至可以想象你使用一架无人机,航拍那一片空间,然后把拍好的影像加以播放。于是从东往西,在街北边,你会先看到宁国府,细看可以看到它北边的天香楼、西边的贾氏宗族祠堂,然后是贾赦住的那个院子,那院子西边,是荣国府,中轴线的主建筑群非常巍峨,荣禧堂是其中的高潮,然后再往西,过了夹道,就是贾母居住的豪华大院落……无人机再往东北飞,拍下大观园全景,这是个有山不高、有水不宽的美丽园林,哪里是怡红院?哪里是潇湘馆?哪里是稻香村?哪里是拢翠庵?……你闭眼云游,乐趣无穷。

当然,从第三回林黛玉进荣国府往后的情节里,也多少写到些两府以外、大观园以外的空间,比如农村王狗儿家，贾氏宗族的学堂，城外的铁槛寺、水仙庵，二丫头居住的村庄，袭人哥哥花自芳家，贾母率领荣国府女眷们去打醮的清虚观（打醮是一种宗教仪式），贾芸舅舅家，贾芸遇见醉金刚倪二的街市，贾芸和他母亲所住的寺庙西廊下，宝玉去做客的冯紫英家，荣国府老仆人赖嬷嬷家为庆祝她孙子当官大宴宾客时赖大家的大宅子和花园，柳香莲痛打薛蟠的苇子坑，贾琏"包二奶"偷娶尤二姐的花枝巷，尤三姐也是在那里用剑自刎的……但最主要的，是记清荣国府的格局及大观园里的各个空间。

希望你掌握了这个锦囊以后，再读《红楼梦》，再跟人讨论《红楼梦》，就叫作胸有成竹，或者叫胸有丘壑了，你对每个情节发生的空间，以及这些空间的关系，都非常明了，不消说，这对你理解、欣赏这部伟大的作品，是一种坚实的"童子功"。

谐音寓意

—— 懂得书里的这种艺术手法

　　阅读《红楼梦》要掌握住《红楼梦》作者他惯用的一种艺术手法——谐音寓意。不懂得谐音寓意的手法，读《红楼梦》就等于白读了，它非常重要。从第一回开始，作者就密集地大量使用了谐音寓意的这种手法，他写人名、写地名几乎都在谐音寓意。

　　第一回回目叫什么啊？"甄士隐梦幻识通灵，贾雨村风尘怀闺秀"。甄士隐是一个人的名字，贾雨村是另一个人的名字，实际上，都有谐音寓意。甄士隐，谐音"真事隐"，就意味着这部书把生活当中的很多真实的事情都隐藏起来了。小说讲究虚构，把生活当中一些真实的事情隐藏起来并不稀奇，可是这个作者，又告诉你他还要"假语存"，贾雨村这个人名，谐音就是"假语存"，假语就是虚构的文本，他在虚构的文本故事里面，偏把生活当中一些真实情况故意地保存下来，这是一种很辛苦的、很艰难的写法，很巧妙的写法。

所以读第一回，你就要懂得这部书它是把真事隐去，然后用小说的虚构的文本保存了很多那个时代作者的家族以及作者本人的真实情况。所以，一开篇的两个人物的名字就有谐音寓意。

第一回里密集地使用了谐音寓意的手法。

说在大荒山、无稽崖那里有个青埂峰，"大荒"意味着远离人间极其遥远，"无稽"意味着无从考察，那里有座山峰，"青埂"谐音"情根"，作者号称这部书"大旨谈情"，强调纯真、纯洁、纯正的情感，是人世间最珍贵的，而这部书就来自于青埂峰那里，一块女娲补天剩下没使用的大石头。那块大石头被天界的和尚施了魔法，变成扇坠大小。扇坠是过去人们吊在扇子把柄上的装饰物，多有用玉石制作的，扇坠大小也可以形容成雀卵大小，变成这么小以后，就可以衔在婴儿的嘴里。书里写贾宝玉诞生的时候，嘴里衔了块雀卵大的玉，就是青埂峰的大石头变幻成的，被叫作"通灵宝玉"，通灵宝玉在人间经历了一番见闻，后来回到天界青埂峰，恢复成巨大的石头，上面写满了字，

被一个空空道人抄录下来，形成一部书，空空道人把它叫作《情僧录》，因为是写在石头上的，所以也叫《石头记》，也就是我们现在看到的《红楼梦》。《红楼梦》的根源，在青埂峰，也就是情根峰，情根、情种，是《红楼梦》里很重要的字眼，情，是《红楼梦》的根，你应该从小记住。

然后就写到人间，写到姑苏阊门，写到甄士隐他们家，就出现一连串的谐音寓意：

十里街——势利街，指出人间这种地方，多住着有势利眼的市井小人。

仁清巷——人情巷，指出势利眼属于人之常情。

葫芦庙——糊涂庙，《红楼梦》作者在第四回里，写了"葫芦僧乱判葫芦案"的故事，显然，他是以"葫芦"谐音转意为"糊涂"，从这个庙里还俗当了衙门差役的一个男子，给当审判官的贾雨村出坏主意，让他胡乱判案，包庇薛蟠，以此讨好四大家族。作者在谐音寓意时，会与我们现代人普通话发音有差异，这是我们必须注意到的。

甄英莲——真应（该）怜（惜）。

霍启——祸起。

封肃——风俗。这个人是甄士隐的岳父。

大如州——大如，大体都如此。作者用这样的谐音，

表达这样的寓意：像甄士隐岳父那样的人，并非个别，那地方风俗如此，人们大体都是如此。

娇杏——侥幸。她本是甄士隐家的丫头，贾雨村到甄士隐家做客，甄士隐因为忽然前面来了贵客，去迎见，贾雨村一人在书房无聊，朝外望，正好与在花园里掐花的丫头四目相对，之后那丫头又忍不住回头两次，给贾雨村留下深刻印象。后来甄士隐投奔岳父后失踪，贾雨村却当上那处地方官，坐轿行走，偶然看到甄家那丫头在院门外买线，当晚就派人叫去封肃，要求娶那丫头为小老婆，娶去后贾雨村正妻亡故，那丫头成为正妻，成了官太太，所以，她很侥幸。

第二回里出现一个人物，叫冷子兴，他把京城里宁荣二府的情况细说给贾雨村听，后来交代他是荣国府王夫人陪房周瑞的一个女婿。冷子兴可以理解成谐音“冷自心”，他冷眼旁观贾府事，把其兴衰拿来当下酒菜。后来出现一个人物，第三回一开头交代叫张如圭，那时候贾雨村当了一段官被罢免，张如圭跟他处境一样，但张如圭得到消息，就是朝廷要恢复一些被罢免的人的官职，他见到贾雨村就报告这个喜讯，后来贾雨村果然又起复得官，张如圭显然谐音寓意“张罗如何回归官场”。

　　所以，交给你这个锦囊，你在读《红楼梦》的时候，每当出现地名人名的时候，就要特别地动心思，想一想它谐的什么音啊，表达的是什么意思啊。

　　比如说后来直接写到京城荣国府，贾宝玉在府里面走动，忽然遇见了他父亲豢养的两个清客相公。什么是清客相公？就是贾宝玉的父亲贾政，他哥哥贾赦在父亲荣国公死了以后，袭了贵族头衔，一等将军，贾政没有袭贵族头衔，因为根据当时皇家的游戏规则，只有长子能够袭这个贵族爵位，他老二，他没袭，但是皇帝很感念他们的祖上为这个皇朝开国立过功，就额外赏赐他当官，就是你不用科举考试一层层考上去了，我直接给你个官当，所以故事一开始这个贾政就已经当了官，是一个工部员外郎。这贾政他白天要去上班，给皇帝办事，办公完了回到家里面以后他干吗呢？他就养了一些人，这些人被叫作清客，又叫相公，这些人的任务就是帮闲，就是你从衙门回来了，闲了，我们来帮你消磨这闲暇时光，这些寄生在贵族府第的人物，陪着回到家的贾政说话，遇事给他出主意，陪他下棋，陪他吟诗，陪他观花，陪他品茶，陪他饮酒，逗他开心……那么书里最先出场的两个清客相公，一个叫詹光，不消说，那谐音就是沾光，他来就是要沾荣国府的光；还有一个叫

单聘仁，单当作姓氏读善，谐音善骗人，就是成天陪着贾政嘻嘻哈哈的，好像对贾政很恭敬，其实就不断地来骗贾政，从贾政这儿骗好处。后来又出现叫程日兴的，也是谐音寓意，他成天就在那儿兴风作浪，每天他都兴出新花样，表面上是讨贾政的喜欢，逗贾政高兴，实际上老给贾政惹事。还有一个叫胡斯来，也是谐音寓意，他老胡乱地做事情，胡来，不是正经人。

所以书里面写贾政养了这么一批清客，取的名字，也就意味着贾政这个人，他自己好像挺正经，其实假正经。

书里还写到，贾宝玉在府里夹道不但遇上清客相公，还遇上府里管事房里的几位管事的人。荣国府是很大一个府第，总管是书里面写到的贾琏和他的媳妇王熙凤，贾琏是一个怕老婆的人，所以最后这个大权就落在了王熙凤手里。

王熙凤手下就有很多办事人员，出现的几个办事人员的姓名都是谐音，很有意思。一个呢，叫吴新登，他管什么啊？管出纳，就是管这个府第的银子的出入，可他名字的谐音却是"无星戥"。现在人听不懂，过去的人一听就懂，过去的银子怎么来测量它的重量？银子是以重量来计算的，越重的银子就具有越大的价值，可以买越多的东西。

确定银子重量，就要用一种称它的工具，这个东西叫作戥子，“戥”的发音是“等”，戥子这工具当中有一个准星儿，就好比你在学校里看到的那种天平，类似那个形状，一边搁银子，有一个准星可移动，通过准星移动，就可以知道这个银子是什么分量。

结果这管银子的人怎么样呢？他无星戥，他根本就不认真地为这个府第去仔细地称量银子的分量，也就是说经常贪污，做手脚，他管这个称银子的这个戥子，可是他却并不认真掌握那个上面的准星，无星戥，糟糕不糟糕啊？荣国府就是用这样的人来管银子。

还有一个人是买办，拿着府里的银子出去给府里买东西，这个人名字叫作钱华，也是谐音，他花钱不心疼，不是他的钱，他很铺张浪费，而且他肯定还从中贪污，所以叫“钱花”，就是他这个花钱啊，哗啦哗啦地花，大把地花，花钱如开花。

还有一个管仓库的，叫戴良，谐什么音啊？大量！反正府里粮食很多，他才不心疼，大斗大斗往外量。所以这些笔墨，如果你不懂得谐音寓意，你眼睛一看就都错过去了，读《红楼梦》一定要懂得作者的苦心。

书里写到，贾氏宗族它不光是封了国公的这两支，还

有一些分支，就是祖上可能是同一个人，但是后来兄弟再生孩子，又再生孩子，传下来的分支就衰落了，就不富贵，就变穷了。书中写到一个叫贾芸的，这贾芸从血统上来说的话，他是贾氏宗族里血统正宗的一个传人，可是他家呢，到他这一代就穷得不行了，父亲去世了，他和母亲就借住在一个庙的西廊下的一间屋子里，艰苦度日。他遇到了困难，就想求他的一个舅舅来帮他一把，可是这个舅舅对他不但不帮，还冷言冷语地打击他，使他非常绝望。那么书里就给这个贾芸的舅舅取了一个名字，叫作卜世仁，谐音寓意"不是人"，可见作者对这个角色深恶痛绝。

所以读《红楼梦》一定要把握谐音寓意这样的一个艺术手法，谐音寓意有时候不是像上面所列举的一些例子一样，直接地来谐一个音，它有时候花插着谐音。

前面多次讲到，贾氏宗族，宁国府、荣国府有四大小姐。哪四个小姐啊？贾元春、贾迎春、贾探春、贾惜春，四个小姐最后的一个字都是春。第二个字不一样，四大小姐的第二个字连起来，"元迎探惜"，构成谐音寓意，你猜到了吧？没错，就是"原应叹息"，这些女子的命运后来都不好，我们原来就应该去为她们叹息。所以《红楼梦》是一部青春挽歌，一部为青春女性她们的不幸遭遇唱挽歌的这样一部书。她们四个小姐，都有丫头，丫头有好多个，但每一个小姐都有一个首席大丫头，那么贾元春的首席大丫头叫什么呢？叫抱琴。贾迎春的首席大丫头呢？叫司棋。贾探春的首席大丫头呢？叫作侍书。贾惜春的首席大丫头叫入画。这四位丫头的名字的最后一个字，连起来是什么样的谐音寓意呢？你想到了吧，琴棋书画。

所以读《红楼梦》这些地方囫囵吞读过去可不行，你得接受我这个锦囊，去破解这些名字里面的谐音寓意。现在留点作业给你：第五回写宝玉梦游太虚幻境，那里的警幻仙姑招待他，给他喝的茶叫"千红一窟"，给他喝的酒叫"万艳同杯"，"千红""万艳"都是青春女性的意思，那么，"窟"谐的什么音？"杯"谐的什么音？合起来表达了怎样的寓意？再来，荣国府的大管家有叫赖大的，赖大的母亲以前服侍过荣国府上一辈的人，很有脸面，书里称她赖嬷嬷，赖家自己有很大的宅院，也有很不错的花园。本来赖大的儿子，成人后应该到荣国府里来当差，也就是做男仆，但荣国府免除了这项差役，准许他自谋生路，赖大就拿大把银子，给他捐了个官，他竟当上县太爷了，为庆祝他当官，赖家还在自己家里大宴宾客，荣国府里许多人都应邀去了，由此引出许多情节。赖大的这个儿子，也就是赖嬷嬷的这个孙子，书里写出的名字是赖尚荣，你能解释出其谐音寓意吗？

　　附带说一下，除了谐音寓意，作者还使用了一种艺术手段，叫拆字法。书里关于王熙凤的判词，有一句是"一从二令三人木"，什么意思呀？就是贾琏和王熙凤的关系，经历了三个阶段：第一阶段，贾琏怕老婆，对王熙凤服从；第二阶段，王熙凤显露出很多问题和弱点，贾琏对她就硬气了，对她下命令；到最后，王熙凤干的坏事全暴露，贾琏就把她休了，那个时代，那种社会，丈夫可以把妻子休掉，剥夺她正妻身份，让她回娘家去，或者留下来降低其身份；人木，就是把"休"字拆开，构成一种特殊的表达。另外，书里关于香菱的判词，说她"自从两地生孤木，致使香魂返故乡"，本来薛蟠对她还有些感情，两个人相处得还算和谐，但是薛蟠娶进夏金桂以后，夏金桂对她虐待欺凌，设计让薛蟠厌恶香菱，结果香菱就被折磨死了。"两地生孤木"，就是把桂字拆开，意味着夏金桂进了门，香菱就会魂归故里，不在人间了。

草蛇灰线

—— 注意书里情节发展中的伏笔

　　第十个锦囊，我要教会你懂得《红楼梦》作者艺术手法里面的一招，就是设置伏笔，叫作"草蛇灰线，伏延千里"。

　　什么叫"草蛇"啊？草长得高高的，有蛇在草中爬动，那么这个草，一会儿遮住蛇的身子的这一段，一会儿遮住那一段，所以你看过去觉得这个蛇好像断断续续的，其实它是一个整体。所以"草蛇"这两个字就是形容做文章，不马上把它全讲清楚，故意地讲一段，然后设下一个伏笔，过一段以后再把这个谜底揭开，把这个包袱抖开。"灰线"也是这个意思，现在你们上学条件很好，学校都有设备很高级的操场，而我小时候跑步，跑道就是体育老师手里捏了一把白灰，倒退着往地上撒灰来画的，他不可能撒得非常连贯，也是断断续续的，所以古人就把这个灰线也用来形容写文章断断续续的，好像不连贯，似乎不太好，但是你仔细一看，它又是痕迹很清晰的一条线。《红楼梦》就是使用了这样的艺术手法，叫作草蛇灰线，伏延千里。什么叫"伏延千里"？就是有时候前面一个伏笔吧，它不马上交代结果，过了很久很久以后，到后面再把这个伏笔加以照应。那《红楼梦》里伏笔很多，现在我从锦囊里面找出几招，你可以学会来使用。

第一招，叫发现《红楼梦》里面的近伏笔和显伏笔。近伏笔就是说，伏下这一笔之后不用过很久，不到很后面，过了几回就予以揭晓，而且它是一个很明显的伏笔，比如说第　讲里面我讲到甄士隐抱着小女儿甄英莲在家门口看热闹，来了一个道士一个和尚，和尚说了很可怕的话，还念了四句顺口溜："惯养娇生笑你痴，菱花空对雪澌澌。好防佳节元宵后，便是烟消火灭时。"这四句里后三句全是伏笔。甄英莲被拐子拐走以后，怎么样啦？读者就会悬心，那么没过几回，到了第四回，作者就把这个谜底揭开了，就照应了：哦，原来拐她的拐子啊，拐走她以后呢，把她养了几年以后，就把她当作东西一样去卖给人家了。甄英莲最后落到谁手里啦？"雪澌澌"，"雪"谐"薛"的音，就是落到薛蟠手里了，"菱花空对雪澌澌"，就是她被改名

杨雕云情念翠
汀洲花睡名扬美

香菱，最后的命运是一切皆空，非常悲惨。而她在元宵节被拐走以后，甄家会怎么样呢？会遭遇火灾，烟消火灭，家破人离。这都是近伏笔，当然也含有远伏笔。再比如，书里写贾元春省亲后，大观园关闭了一阵，后来她下谕，让宝玉、众小姐，还有李纨带着贾兰，都住进去，为此，贾政王夫人就召见宝玉他们。宝玉到了荣国府正房，没进门，门外站着王夫人的大丫头金钏，金钏就有轻佻的言行，这就是一个近伏笔，说明金钏不检点；后来宝玉在王夫人歇中觉的时候，见到金钏，宝玉就跟金钏说，要把她来当自己的丫头，这当然是宝玉的污点，金钏也跟宝玉调笑，说了句："你忙什么！金簪了掉在井里头，有你的只是有你的。"结果被并没有睡踏实的王夫人听见，起身打了金钏耳光，立即把她撵了出去，金钏被撵出去以后，觉得羞耻，就跳井自杀了。那么金钏说的这句调笑的话，就是一个近伏笔，也是一个显伏笔。

那么还有一些伏笔是远伏笔：就是它出现这个细节以后，前八十回里面都没有揭晓，八十回以后才予以揭晓。第七回写薛姨妈让王夫人陪房周瑞家的，给众小姐送宫花，送到惜春那里时，惜春正巧跟一个小尼姑智能儿在一起玩耍，见送花来，就说她想跟智能儿一样当尼姑，若是剃了

光头当尼姑，可把这花戴在哪里呢？乍看似乎只是一句玩笑话，其实是一个远伏笔，惜春最后果然剃发为尼。

更重要的远伏笔：书里写了一个农村老太太，你很熟悉了，刘姥姥。这个刘姥姥是京城农村的一个孤老太婆，她丈夫死了，随着她的闺女女婿一块生活，她的女婿和闺女生了一儿一女，她有外孙，有外孙女，过着很艰苦的生活。那么冬天快到了，家里不但吃不饱，而且连冬衣都没法筹备，怎么办呢？她就琢磨一番，发现她的女婿姓王，女婿的祖上曾经当过小官，和荣国府的王夫人他们这个王家攀过关系，联过宗。什么叫联宗？中国封建社会讲究这个宗族，你姓王，你是王氏宗族的，我也姓王，本来我跟你没有血缘关系，八竿子打不着，但是我攀附你，我去巴结你，找到你，就说我也姓王，你也姓王，能不能够你就算我叔叔，我就算你侄子，咱们在宗族谱上就算是有勾连了。

小人物去攀附王家可以理解，那么当时王夫人她的祖上为什么同意和这样的小官吏、小人物勾连呢？也是因为那个时候王家做的官不是特别大，他为了巩固自己的地位和往上攀升，他上中下都要结交，所以就接受了书里面刘姥姥女婿的祖上的这个要求，就联了宗。刘姥姥想出这个关系以后就跑到荣国府去，想尽办法，其实就是让人救济她一下。第一次到荣国府，没见着王夫人，更没见着贾母，只见到了王熙凤，王熙凤对她不错，资助了她二十两银子，那她过冬就不成问题了。

后来她又第二次来到荣国府，这次她运气了，被贾母知道了，贾母说请来我见见，后来贾母就带着她在大观园里面到处游逛，此时有一个细节，是一个很重要的伏笔，游逛到贾探春住的地方，叫秋爽斋。这地方就发生了两个小孩之间的事情。一个小孩是谁啊？一个小孩就是刘姥姥她当时进城来到贾家，她老带着的那个外孙子，叫板儿，一个小男孩；还有一个小孩是一个小女孩，谁啊？是王熙凤的女儿，当时还没取名字，一般人把她叫人姐儿。这个小男孩和小女孩在贾探春的屋子里面就见面了，有一个细节：当时这个板儿啊，他手里就拿着一个佛手，佛手是一种树上结出来的东西，像佛爷的那个手的形状一样，当然后来也有人把它当作菜，切成片，炒了也能吃。这个佛手是贾探春她屋里大盘子里面搁的，板儿要了一个。那么这个大姐儿，当时抱了一个大柚子，大柚子与香橼同属，发出很清香的气息。大姐儿一看到板儿的这个佛手，就想要这个佛手，小姑娘嘛，就想要这个佛手，板儿就不愿意给，后来经过大人的劝说，板儿把这个佛手给了大姐儿，大姐

儿也放弃了自己抱的那个柚子，给了板儿。板儿是个男孩，一看这柚子圆圆的可以当球踢，也很高兴，那么这就是一个很重要的伏笔。

在八十回以后，作者就会写到贾家最后被皇帝打击，整个家族都没落了。在这个情况下，所有的人物最后都遭遇到了很糟糕的命运。这个大姐儿后来有了名字，是刘姥姥给取的，因为她生在七月初七，所以叫巧姐。巧姐后来居然被她的一个舅舅，还有一个堂兄，卖到妓院去了，后来刘姥姥他们，还有一些其他人，就想办法把她救出来了。救出来到农村以后，她长大了就嫁给也长大了的板儿。所以在贾探春屋里发生这一幕就是一个很大的伏笔，看起来是儿童之间的一个东西的交换，实际上说明是结下了一段姻缘，佛手是很吉利的一个形态；而柚子，容易让人联想到香橼，"香橼"与"香缘"谐音，这里面就暗喻一段很好的缘分。

作者善于近伏笔和远伏笔双管齐下。比如第十三回写秦可卿忽然死掉，死的时候她给王熙凤托梦，先说"眼见不日又有一件非常喜事，真是烈火烹油、鲜花着锦之盛"，这是近伏笔，伏的是秦可卿丧事结束以后，很快传来消息：贾元春才选凤藻宫、加封贤德妃，而且很快就有元妃回府省亲的盛事。但是秦可卿又在梦中给王熙凤念了两句话：

"三春去后诸芳尽，各自须寻各自门。"这就是远伏笔，意思是三个美好的春天过去以后，"诸芳"，就是书里诸位青春女性，便会流散，各自去寻找自己的归宿，实际上有的就会悲惨地死去，有的会远嫁永难返回，有的会流落街头穿着黑色尼姑服讨饭……

所以看《红楼梦》啊，我给你一个锦囊，就是你要注意它的伏笔。《红楼梦》里面的伏笔很多，特别是书里写贾元春省亲那一段。贾元春省亲呢，当中有一个演戏的环节，一出戏叫作《豪宴》。古本《红楼梦》除了正文，还带批语，批语就说之所以演这出戏，是一个伏笔，伏贾家之败。

《豪宴》是一出折子戏，就是一个戏从头演到尾的话，由很多很多折组成，挑出其中的一折来演，叫折子戏。《豪宴》这个折子戏是一本叫作《一捧雪》的大戏当中的一折。"一捧雪"是什么东西啊，一捧雪就是一个玉器，一个精工雕刻的白玉的文物，捧在手里就好像捧着一团雪似的，而这个戏就讲的是这样一个古玩导致了一个家族的毁灭。

在前八十回里面《红楼梦》没有写到贾府溃灭的大结局，但是他写到了古玩，写到很多古玩，其中有一个很重要的古玩是贾母做八十岁的寿宴的时候，一个外路和尚到

贾府赠送的，你查书去，给你留一个作业，什么古玩？注意:
那古玩的写法是"腊油冻佛手"，"腊"可不是"蜡"啊，
不是一个蜡做的佛手模型，而是用一种叫"腊油冻"的罕
见石料，雕琢成的一个佛手。"腊油冻"石料，乍看跟腊
肉上的肥肉似的，很贵重，书里所写的这个古玩，很可能
就像戏里面那个一捧雪一样，最后导致贾家的毁灭。所以
读《红楼梦》不懂得伏笔可不行。

　　第二出戏叫《乞巧》，是大戏《长生殿》里的一折，
脂砚斋指出，是伏元妃之死。《乞巧》演的是唐朝唐玄宗
宠爱杨贵妃，但在三军哗变时，又不得不让手下将她勒死
的悲剧。可见书里贾元春的下场跟杨贵妃一样。

第三出戏叫《仙缘》，是大戏《邯郸记》里的一折，演的是盛极而衰的故事。脂砚斋指出，是伏甄宝玉送玉。就是在八十回以后，甄宝玉这个人物会登场，他有一个重要的行为，就是"送玉"。

那么第四出戏叫作《离魂》。《离魂》是一出大戏《牡丹亭》里面的一折，它写了一个美丽女子杜丽娘的故事。批书者就指出，这出戏也是一个伏笔，伏黛玉之死，黛玉最后还是离开这个人间了，那么这出戏就是预示着她最后是怎样离开人间的。

因为现在我们读到的通行本《红楼梦》，前八十回是原作者曹雪芹写的，后四十回是曹雪芹去世多年以后，别人续写的，所以有的前八十回里的伏笔，后四十回里并没有照应，甚至出现了违背前八十回伏笔的情况。在一百二十回的《红楼梦》出现之前，曾有多种仅存八十回的手抄本在社会上少数人之间流传，我所说的古本《红楼梦》，指的就是这种早期手抄本，古本《红楼梦》的批书者，多数情况下署名脂砚斋，是曹雪芹的合作者，脂砚斋就指出，作者使用的伏笔手段非常高妙，叫作"一树千枝，一源万派，无意随手，伏脉千里"。好像他淡淡地写出一笔，似乎也没什么意思，但不是废话，它是伏笔。

古本《红楼梦》在流传的过程中，多数情况下使用《石头记》作书名，里面的很多批语，都在透露作者的伏笔。比如第三回写林黛玉进入荣国府，见到外祖母，她明摆着身体柔弱，贾母就问她吃什么药，她回答了，这个地方就有批语，告诉读者是一个伏笔，跟书里后来提到的两个人物，一个叫贾菖的，一个叫贾菱的有关系，这两个人是在府里管给主子们配药的。前面讲到有一回贾宝玉在小厮焙茗护送下，去了袭人家，袭人觉得自己家里过年的那些食物，没有一样能拿给宝玉吃，这个地方脂砚斋的批语就告诉读者，八十回后会写到贾氏宗族崩溃，宝玉会沦为乞丐，"寒冬噎酸齑，雪夜围破毡"，到袭人家的情况，跟后来的这种情况成为强烈对比，当年吃喝那么讲究的贵公子，到后来大冬天没得吃，只能抓起人家倒掉的酸菜渣子，往嘴里塞，艰难地吞咽。

当然，现在同学们所读的，大多是通行的一百二十回的《红楼梦》，里面并没有脂砚斋的批语，后四十回里也缺了很多呼应的情节。我只是告诉你一下，曹雪芹的伏笔技巧非常精彩精妙，你大略知道就好。但是，我要强调，你应该把第五回里，曹雪芹通过金陵十二钗册页的图画与判词，以及通过《红楼梦十二支曲》（加上《引子》和《收尾》是十四支）所表达的伏笔，加以熟悉，加以把握。还有，就是第一回里，甄士隐听了道士的顺口溜《好了歌》以后，随口道出的《好了歌解》，那个解里，列出了八种先兴旺后衰败的情况，却又穿插着列出了三种先穷窘后发达的情况，而第五回里那个《红楼梦套曲》的《收尾》里，也恰恰开列出八坏三好的命运遭际，那么，你就无妨动动脑筋，想想都是在说书里哪些人的命运轨迹？

这个锦囊，就是教给你，读《红楼梦》，你要特别注意作者所使用的这种设置伏笔的艺术手法。

妙语如珠

—— 理解并学会使用成语、谚语
　　与歇后语

有的同学说，《红楼梦》的文言文，读起来不大好懂啊。其实《红楼梦》不是文言文，它是出现在清代中期的一部白话小说，之所以会有人觉得它是文言文，可能是因为它开始的部分，有比如这样的文字："但书中所记何事，又因何而撰是书哉？自又云：今风尘碌碌，一事无成。忽念及当年所有之女子，一一细推了去，觉其行止见识皆出于我之上，何我堂堂须眉，曾不若彼裙钗哉！实愧则有余，悔又无益之，大无可奈何之日也！当此时，则自欲将已往所赖，上赖天恩，下承祖德，锦衣纨袴之时，饫甘厌肥之日，背父母教育之恩，负师兄规训之德，已致今日一事无成半生潦倒之罪，编述一记，以告普天下人。我之罪固不免，然闺阁中本自历历有人，万不可因我之不肖，自护其短，则一并使其泯灭也。虽今日之茆椽蓬牖，瓦灶绳床，其风晨月夕，阶柳庭花，亦未有伤于我之襟怀笔墨者。虽我未学，下笔无文，何为不用假语村言，敷演出一段故事来，以悦人之耳目哉。"这里面虽然糅进了一些文言，但整体并非文言文，仍属于白话，只不过是那个时代文人的带书卷气的白话罢了。到故事正式开始，描写到人间生活，情节流动起来，就基本上是纯粹的白话了；人物开口说话，就更是白话。跟《红楼梦》几乎同时代的蒲松龄写的《聊斋志异》，则是用文言文写出的一部短篇小说集。

《红楼梦》的语言非常生动。这个锦囊，教给你如何从书里面学习成语、谚语与歇后语的使用。以下举一些例子。

事若求全何所乐

如果仔细阅读《红楼梦》，就会发现曹雪芹笔下的林黛玉，她的性格虽然始终如一，其思想境界却在不断变化提升。在前几十回书中，林黛玉给人的印象是个"完美主义者"，她的苦恼，往往缘于"美中不足，好事多魔"（注意：曹雪芹在书里一再地写成"好事多魔"而非"好事多磨"，他的意思是，人所遇到的好事里面，往往藏着诡异，如不

注意，好事会变成坏事），但是到第七十六回，她和史湘云一起在凹晶馆联诗，当时她们在池边两个湘妃竹墩上坐下，看到月光下的美景，史湘云就说应该到水中泛舟吃酒，林黛玉则表示，就那么坐着赏月已经很好了，"事若求全何所乐"。

"事若求全何所乐"，可以作为一句成语，在你今后的作文里可以恰当地使用。这句成语揭示了一条真理，就是：你一定要追求美，却无论如何不必追求完美。比如有的人讲究卫生，怎么洗手都觉得不能达到完美境地，就没完没了地洗个不停，终于洗完，一拿东西，就立刻怀疑沾染了病菌，便又去洗，最后没被病菌危害，却将手指缝的皮搓坏了。对自己求全会闹得痛苦焦虑，整天闷闷不乐；对他人如果求全责备，缺乏宽容忍耐之心，也会闹个心烦意乱，抑郁暴躁，难以与人共事。

小心没有过逾的

这句话是薛宝钗说的。第六十二回，曹雪芹特地写下一笔，就是宝玉去她家做客回来，她跟宝玉同回大观园，一进角门，她就命婆子将门锁上，把钥匙自己拿着。宝玉

见了觉得何必多此一举，宝钗就跟他说："小心没有过逾的。你瞧你们那边，这几日七事八事，竟没有我们这边的人，可知是这门关的有效了。若是开着，保不住那起人图顺脚，抄近路从这里走，拦谁的是？不如锁了，连妈和我也禁着些，大家别走。纵有了事，就赖不着这边的人了。"

这句话的意思是，就做事一定要小心谨慎这一点来说，怎么样地加小心，都不算过头。这实在是一句金玉良言，也可以当作一句成语。

朴而不俗、直而不拙

书里写刘姥姥二进荣国府，贾母带她在大观园里蹓了个够，其中描写最细腻的，就是贾探春住的秋爽斋。探春素喜阔朗，三间屋子不曾隔断，当地放着一张花梨大理石大案，案上垒着各种名人法帖，并数十方宝砚，各色笔筒，笔海内插的笔如树林一般，那一边设着斗大的一个汝窑花囊，插着满满的一囊水晶球儿的白菊；西墙上当中挂着一大幅米襄阳的《烟雨图》，左右挂着一副对联，乃是颜鲁公墨迹，其词云："烟霞闲骨格，泉石野生涯。"案上设着大鼎，左边紫檀架上放着一个大观窑的大盘，盘内盛着数十个娇黄玲珑大佛手；右边洋漆架上悬着一个白玉比目磬，旁边挂着小锤……怎么样？古今书法家，几人能够拥有一个如此高雅阔朗的挥洒空间？

光看上面对于探春居所的描写，我们难免会觉得她的审美趣味十分地贵族化，她使用的、陈设的那些东西，哪一样不是精妙昂贵的？有的更可以说是无价瑰宝。但曹雪芹把探春的审美品格设定在了更高的段位上。那就是超越了一般的富贵与高雅眼光，更能追求来自乡土民间的淳朴之美。在"饯花节"那一天，她把宝玉哥哥叫到一边，喁喁地说私房话，托付宝玉去外面给她买回些美丽的东西来，宝玉一时也想不出有什么可买的，对她说外面"左不过是那些金玉铜磁没处撂的古董"，她就点明："谁要这些，怎么像你上回买的那柳枝儿编的小篮子，整竹子根抠的香盒儿，胶泥垛的风炉儿，这就好了，我喜欢的什么似的……你拣那朴而不俗、直而不拙者，这些东西，你多多的替我带了来！"难怪她屋里卧榻，那拔步床上，悬的是葱绿双绣花卉草虫的纱帐，从农村来的板儿立即认出上面有蝈蝈和蚂蚱。

朴而不俗，就是淳朴而不庸俗；直而不拙，就是简洁而不笨拙。

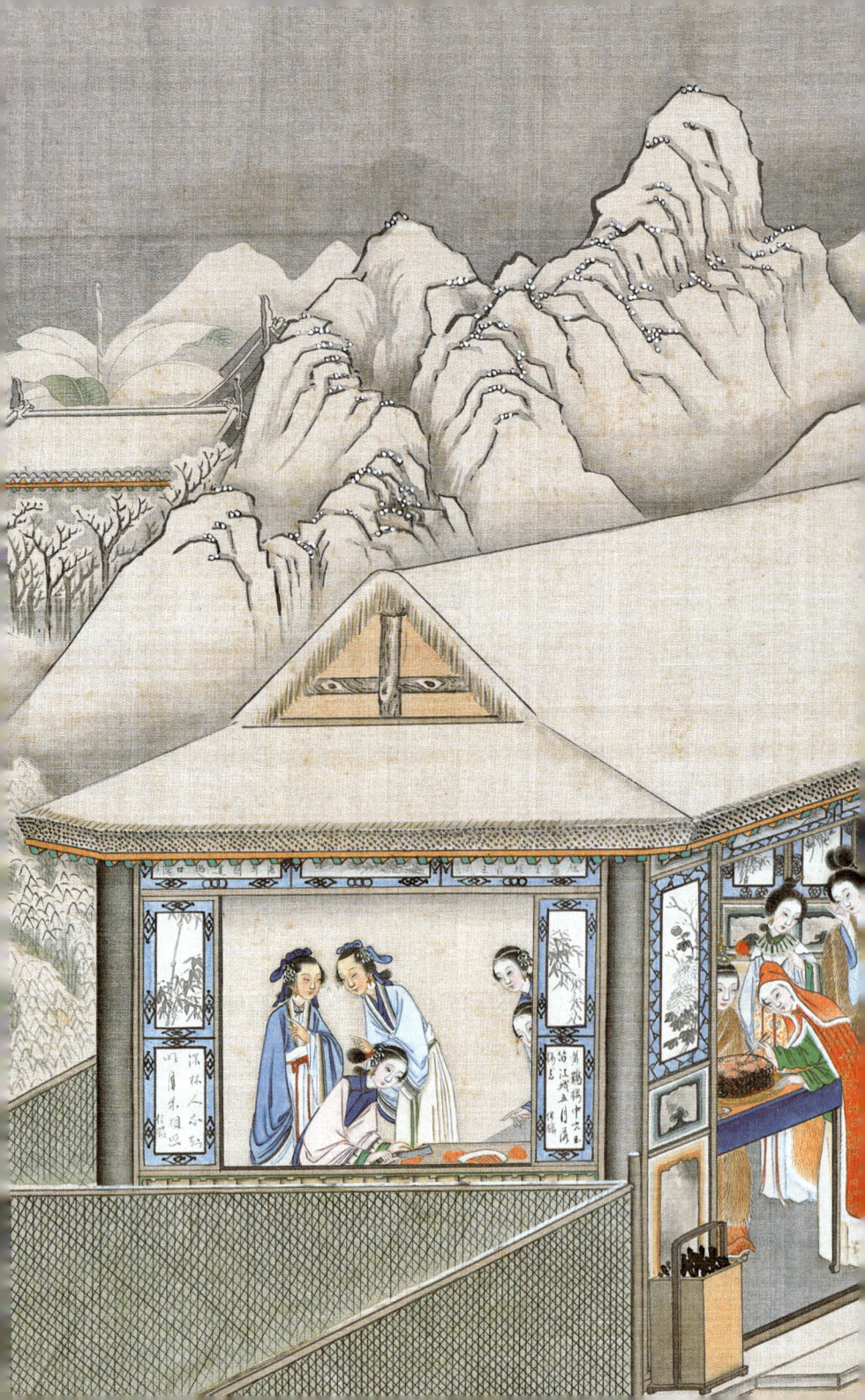

我们今天的社会，还需要推广探春式的审美观，懂得鉴赏朴而不俗、直而不拙的草根产品。"朴而不俗、直而不拙"这八个字作为成语，今天仍有生命力。

水晶心肝玻璃人

王熙凤只约略识得几个字，是贾府年轻一辈里肚中最缺乏墨水的一位，她平时记账、精算、开单、查书等与文字相关的事宜，都支使一个未成年的小童彩明办理，那其实也就是她的文案秘书。但有一天忽然李纨、探春等找到她，说是要请她当大观园诗社的"监察御史"，她立刻明白，"御使"的高帽子戴到她头上，绝非什么妙事，她戳破探春等人的诡计："我猜着了，那里是请我作监察御史，分明是叫我作个进钱的铜商，你们弄什么社，必是要轮流作东道的，你们月钱不够花了，想出这个法子来拘了我去，好和我要钱，可是这个主意？"一席话说的众人都笑起来了，李纨就说她："真真你是个水晶心肝玻璃人！"

李纨说王熙凤是个"水晶心肝玻璃人"，明褒实贬，听话听声，锣鼓听音。这个形容，也可作为一个成语。

所谓"水晶心肝玻璃人儿"，并不是说此人单纯，对他人的透明度高，无城府，很直率，而是指其聪明过人，机关算尽，对他人的意图，哪怕是非常含蓄地表达出来，甚至还不及将整个意思表达完毕，就已经心知肚明，并立即有了应付的词语与策略。王熙凤正是这样，她点破探春、李纨等人的诡计，遭逢李纨一番超常发挥的抨击后，飞快地适应形势，转攻为守，甚至不惜营造出一种"缴械投降"的氛围，谋求"哀兵必胜"的效果，当李纨最后问她："这诗社你到底管不管？"她的回答真是非常漂亮："这是什么话，我若不入社花几个钱，大观园里我不成了反叛了，还想在这里吃饭不成？明日一早就到任，下马拜了印，先放下五十两银子，给你们慢慢地作会社东道，过后几天，我又不作诗作文，只不过作个俗人罢了，监察也罢，不监察也罢，有了钱了，你们还撵出我来也使得！"一番话化干戈为玉帛，皆大欢喜。

做一个"水晶心肝玻璃人"，太累，也太难与人为善，人在大事情上要清醒，大原则上要坚守，在小事情甚至某些中等事情上，对他人无妨"没心没肺"一点，对自己则无妨"得过且过"一点，这样的人生，应该才是朴素自然、问心无愧的。

太满了就泼出来了

第四十三回，贾母发起，"闲取乐偶攒金庆寿"，为凤姐过生日，派宁国府尤氏张罗此事，尤氏只能从命。尤氏领命后，来到凤姐房里，商议如何行事，不禁埋怨："你这阿物儿，也忒行了大运了，我当有什么事叫我们去，原来单为这个。出了钱不算，还要我来操心，你怎么谢我？"凤姐笑道："你别扯臊，我又没叫你来，谢你什么！你怕操心？你这会子就回老太太去，再派一个就是了！"尤氏于是回击："你瞧他兴的这样儿！我劝你收着些儿好，太满了就泼出来了！"

《红楼梦》开篇不久，有秦可卿给凤姐托梦的情节，里面就有"月满则亏，水满则溢"的警告，又一连说出"登高必跌重""树倒猢狲散""盛筵必散"等含义相通的俗谚，不过，那个语境里的"水满则溢"，主要是预示一种物极必反的状态，而尤氏所说的"太满了就泼出来了"，则是抨击一种恶劣的心态，对于读者的启示，侧重面有所不同。

"太满了就泼出来了"，是一句谚语。这句话，作为劝诫一般人要谦虚谨慎，固然也适用，但就其出现的语境，以及其词语的意象而论，应该还是更针对凤姐那样的自大

狂妄者。"太满了就泼出来了"，意味着自我膨胀必然导致行为的严重失范，凤姐她"机关算尽太聪明，反误了卿卿性命""呀！一场欢喜忽悲辛！"就这一点而言，还是足令我们今天的某些人警醒的吧？

推倒油瓶不扶

秦可卿丧事过后，贾琏和林黛玉也料理完了林如海的丧事，从扬州回到荣国府，王熙凤设酒宴给贾琏接风，说起协理宁国府，王熙凤一番话亏曹雪芹怎么摹拟得来："我那里照管得这些事！见识又浅，口角又笨，心肠又直率，人家给个棒槌，我就认作针；脸又软，搁不住人家给两句好话，心里就慈悲了……一句也不敢多说，一步也不敢多走。"这是听来令人起鸡皮疙瘩的"谦词"。说到她所面对的那些仆妇，则这样形容："咱们家所有的这些管家奶奶们，那一位是好缠的？错一点儿他们就笑话打趣，偏一点儿他们就指桑说槐的抱怨。坐山观虎斗，借剑杀人，引风吹火，站干岸儿，推倒油瓶不扶，都是全挂子的武艺……"这听来足令人倒抽凉气。

且不管那王熙凤如何把自己形容为柔弱善良的憨妇，

又如何把别人形容为一群奸狡刁钻的丑类，来达到夸赞自己、堵塞问责的目的，现在我们单把她嘴里所说的那些反面的"全挂子武艺"拎出来探讨探讨，也还是挺有意思的。

"推倒油瓶不扶"，是一句北京的俗谚。我曾听一位胡同杂院的大妈告诉我，也可以说成是"带倒油瓶不去扶"，所形容的，是极端地不负责任的态度。大妈说，"推倒"不一定是故意要做坏事，但因为一贯马虎，所以会"一不留神"连带着把"油瓶"弄倒，这本来并不难挽救，只要及时地扶起来，问题也就解决了，即便漏出一点油，损失也有限，但就有那么一些人，身负某方面责任，却吊儿郎当，在其责任范围内"油瓶"不慎被带倒后，居然不去扶正，任那油咕嘟咕嘟地流到地上，他心里想的只是"反正这油瓶又不是我故意推倒的""反正这油又不是我家的""反正这瓶油流空了，还会再给这块儿补上一瓶来"，这样的家伙，有时就居然以一纸检查混过事故责任，之后依然盘踞其位，你说多可气！

黄柏木作磬槌子——外头体面里头苦

这是一个歇后语。这话是宁国府贾珍说的。一些读《红

158

楼梦》的人总没弄清，贾珍虽然比贾母辈分低两辈，比他父亲贾敬和荣国府的贾赦、贾政低一辈，但书里故事开始时，他却已经是贾氏家族的族长，这在那个时代可是个非同小可的身份，贾珍在族务上不仅统管宁、荣两府，他的管理面还包括两府以外的所有贾氏族谱上挂号的人士，建造大观园他是总监工，贾母带领府中女眷和贾宝玉到清虚观打醮，他充当总指挥，大展族长威严，让仆人往躲懒的儿子贾蓉脸上啐口水，把其他族中子弟都震慑住了。书中还有不少细节刻画他作为族长的善于周旋和应对，在家族败相频现的中秋节，开夜宴时大家忽然听到那边墙下有长叹之声，祠堂槅扇有开阖怪响，别人全慌了，他还能厉声叱咤。

书里写到贾珍的话语，总是非常贴切于他的身份，性格鲜明，别具韵味。"黄柏木作磬槌子——外头体面里头苦"这个歇后语，是他在接收府里庄田之一的黑山村乌庄头送来的年租时，因为乌庄头误以为贾府有宫里娘娘支撑，就一定富贵无忧，说出的带有自嘲意味的一句话。

用黄柏树的木材制作的磬槌子，外表光滑，颜色也很美丽，看去很体面；磬，一般使用玉石制作，或青铜铸就，呈曲尺或云朵的形状，是一种挂起来，用槌子敲击能发出

清亮悠长声音的乐器；黄柏木制作的槌子本身就很好看，又是用来发出美好声音的工具，应该令人艳羡吧？但黄柏木本身却是苦味的，其木材越往心子里去越苦，贾珍用这个歇后语自嘲，意思是我们这样的贵族府第，外人看着以为很漂亮，很舒服，府里人都很甜美，其实那只是外表的假象，其实我们内心里有苦说不出！

牛不吃水强按头？

这是一句带强烈反抗情绪的话，所以必须加上一个问号，念出时需在句末将声调往上硬挑。

这是鸳鸯说的。作为老祖宗贾母最信任、最依赖的首席丫头，鸳鸯平时出语总是不急不躁，显得温柔敦厚而又诙谐可人，但没想到老色鬼贾赦竟打上了她的主意，意欲向贾母讨去作妾，邢夫人不仅不阻拦，还亲自去动员鸳鸯，鸳鸯性格中桀骜泼辣的一面于是破茧而出，曹雪芹写了她一系列激越铿锵的话语，读来令人不禁拍案叫绝。

贾府的丫头，有的是家生家养的，有的是中途来的，家生家养的属于"世奴"，是最不能自己把握自己命运的，主子可以任意摆弄她们，反抗往往是徒劳的。鸳鸯偏就属

于这一类的家奴，她父母在南京贾府老宅看守空房，兄嫂在荣府当差，非家养世奴的平儿、袭人很为她担心，因为其兄嫂势必会来帮主子逼婚，鸳鸯就说："家生女儿怎么样？牛不吃水强按头？我不愿意，难道杀我的老子娘不成？"

后来鸳鸯那嫂子果然跑进大观园来，企图说服鸳鸯就范，鸳鸯对其心肠一眼洞穿，对平、袭说："这个娼妇专管是个'六国贩骆驼的'，听了这话，他有个不奉承的去！"那嫂子刚说有"好话"有"天大的喜事"要告诉鸳鸯，鸳鸯就指着她骂道："什么'好话'！宋徽宗的鹰，赵子昂的马，都是好画儿！什么'喜事'！状元豆儿灌的浆儿又满是喜事！怪道成日家羡慕人家女儿作了小老婆，一家子都仗着他横行霸道的，一家子都成了小老婆了！看的眼热了，也把我送在火坑里去！我若得脸呢，你们在外头横行霸道，自己就封自己是舅爷了，我若不得脸了时，你们把忘八脖子一缩，生死由我！"一番痛骂真是酣畅淋漓、血泪交喷。其中"好话（画）""喜事"两句，是以谐音来讥讽其嫂，因为侍奉的是贾府上层，耳濡目染，所以鸳鸯知道宋徽宗画的鹰、赵子昂画的马是好画；清朝时人们最害怕的是出天花，那时往往一蔓延开就会死很多人，特别

162

是婴儿,倘若出的"状元豆"能灌满浆,那么尽管可能会留下麻坑,却标志着生命可保无虞了,所以俗称是"喜事"。急切中鸳鸯说出这么两句,十分符合她的身份见识,也显示出她对其嫂是既气愤更蔑视。

鸳鸯抗婚,是《红楼梦》中最精彩的篇章之一,也为八十回后埋下了伏笔。高鹗的续书,把鸳鸯之死锁定在"殉主"上,这是违背曹雪芹本意的。鸳鸯作为贾母的忠仆,如用今天的眼光看,类似机要秘书的角色,她与贾母在长期相处的磨合中,除了主觉奴顺、奴感主恩外,也确实会派生出超越阶级地位的真实感情,贾母如死在她之前,她大为悲痛是必然的,而且她上述激烈抗婚的言行之所以能一时得逞,也确实是因为有贾母这么一个大庇护伞,贾母一死,那就谁也保护不了她,只能落在贾赦手心里了。按曹雪芹八十回后的构思,鸳鸯之死虽会借"殉主"的形式,但实质应该仍是对贾赦的反抗,而且意义还不仅是对一个恶人的反抗。须知像她那样的"世代家奴"是主子以"口"计算的财产,生死都是不能由自己来支配的,你自己去死了那是破主子家的"活财",会被视为针对整个主子集团的大罪。可惜我们今天已经无缘得见曹雪芹笔下的鸳鸯之死。

时代已经转换，社会已经进步，我们所处的人世现在已经没有了《红楼梦》里的那种主奴关系，但个人有时还会遭遇不良势力甚至是恶势力的胁迫，在这种情况下，从鸳鸯身上汲取有益的营养，发出"牛不吃水强按头？"的抗争之声，求助于法律、社会道德、媒体舆论，包括公序良俗，摆脱胁迫，使公民权益不受侵犯，仍是保持生命尊严的必要手段。

可着头做帽子

那已经是荣国府抄检大观园之后了，没等外面的杀进来，自己先自杀自灭起来，整个府第已然是一派衰败景象。但荣国府老祖宗贾母仍固执地要跟以往一样，过一个热闹喜兴的中秋节。尤氏从宁国府那边过来，给她请安，贾母图热闹，留她一起吃饭，当天贾母吃的是一种红稻米粥，那是产量很少的很特别的一种"胭脂米"熬的粥，贾母自己已经吃完，在地下走动"行食"，负手看着尤氏等吃饭取乐，因见伺候添饭的人手内捧着一碗下人的米饭，给尤氏吃的仍是白粳米饭，就责问道："你怎么昏了，盛这个饭来给你的奶奶？"那人道："老太太的饭吃完了，今日添了一位姑娘，所以短了些。"鸳鸯忙解释："如今都是可着头做帽子了，要一点富裕不能的。"王夫人跟上去说："这一二年旱涝不定，田上的米都不能按数交的，这几样细米更艰难了，所以都可着吃的多少关去，生恐一时短了，买的不顺口。"贾母这才明白原来是"巧媳妇做不出没米的粥"。

贾府的衰败，外因是一个方面，内因则是更主要的方面。第六回写刘姥姥一进荣国府，特意写到她目睹众仆妇伺候王熙凤进午膳的情况，那些川流不息送进去的美味佳肴，再端出来搁到另一房间炕桌上，都只不过是略动了几筷子罢了。后来写刘姥姥二进荣国府，贾母带她两宴大观园，也是一派只讲排场毫无节约暴殄天珍的情景。虽然十三回秦可卿上吊前给王熙凤托梦，已经提出"若目今以为荣华不绝，不思后日，终非常策"的警告，但贾府哪里真能勤俭节约，从贾母起，就只知一味高乐。

曹雪芹笔下的贾府，开始虽然内囊尽上来了，外边看上去似乎还架子魁伟，但到后来，内外交困，风雨冲刷，终于露出了下世的光景，忽喇喇大厦倾，昏惨惨灯尽。当然，那主要是社会政治因素使然，但书里通过种种细节所表现

出来的，由于人们不知珍惜环境资源，浪费成性，而形成的生存窘境，也是足令我们今人戒惕的。

贾府的"可着头做帽子"，是被迫性的，非自觉节约，是封建贵族穷奢极欲的生活流程中无奈的"将就"。其实，"可着头做帽子"应该成为人们自觉性的生活原则。自然资源是有限的，无节制地采取享用，会导致严重的环境危机。脑袋多大，就把帽子做多大，这有什么不好呢？脑袋如此，胃袋也是如此。为什么非要把胃袋撑鼓撑胀呢？大帽子扣在头上能舒服吗？胃袋撑得要破裂的感觉能美好吗？看看我们各地一些餐馆里的景象吧，暴食暴饮，满桌剩菜，不以为耻，反以为荣，这类的恶习陋俗，竟总不能消除。当然，现在在饭馆餐后打包的人多起来了，略可告慰，但国人的节约意识，确实仍需努力加强。饮食方面的浪费只是一个方面，在水资源、树资源、草资源、石油资源等方面，浪费现象都是触目惊心的，实在到了不能不猛敲警钟的地步。

我们现在应该把"可着头做帽子"当作一个正面语汇，一个成语，加以弘扬。最近有朋友让我写一句提倡节约的话，我就是这样写的："可着脑袋做帽子，头也舒服，帽子也舒服——何必图那个虚'富裕'呢！"

仓老鼠和老鸹去借粮——守着的没有，飞着的有？

柳家的，和周瑞家的、王善保家的等一样，都是贾府里的女仆，曹雪芹所描写的那个时代，女仆的地位很低，嫁了人的女仆地位更低，她们自己的名字几近消失，上下人等称呼她们，就用她们丈夫的姓氏或名字再缀个"家的"。当然地位低是相对而言，她们里面也还分三六九等，像荣国府的赖大家的、林之孝家的，宁国府的赖升家的，都是大主管的老婆，本身也执掌一定的权力，年轻的主子见到她们也得礼让三分。周瑞和周瑞家的是王夫人的陪房（王夫人嫁到贾府时，他们这对夫妻作为"动产"，和其他妆奁一样，陪随而来），王善保和王善保家的则是邢夫人的陪房。柳家的则比管家婆子和太太陪房又低了几级，她只是派到大观园内厨房的一个厨房头目而已。

虽说柳家的不过是个厨头，但这是许多人眼红争夺的一个肥差。曹雪芹写《红楼梦》，绝不是只写贵族家庭老爷、太太、公子、小姐，也不是只写丫头，他把笔触延伸到府内外的各个角落，刻画出三教九流各色人物。从第五十八回到六十一回，他把关于大观园的故事，从茜纱窗放射到厨房灶台，从大丫头、小丫头一直写到想进园里当丫头而

不得的厨头闺女，甚至还写到单管开关角门的，头上留着"杩子盖"的小幺儿，而且把各色人等的欲望，之间的冲突，涟漪般展开，每个人物都活跳如见，其话语都生动如闻，真是一支妙笔，写尽人间哀乐。

第六十一回开头写到柳家的和留杩子盖（就是四周剃去，使发型圆得像马桶盖一样）的小幺儿拌嘴，真是声声如炒豆，句句爆口彩，令人忍俊不禁，掩卷难忘。

小幺儿想让柳家的从园子里给他摘些杏子吃，那时候大观园里的花果树连同菱藕、香草等，都按探春、宝钗的规划实现了"责任承包制"，杏子等果品都有专人分管，哪儿能随便去偷来带出？而且那小幺儿的舅母、姨娘两三个亲戚都是分管果木的，因此柳家的听了那小厮的请求气不打一处来，就说了句"这可是仓老鼠和老鸹去借粮——守着的没有，飞着的有？"

我研究《红楼梦》，有时也到书房外的村野里，跟村友讨教。他们不一定读过《红楼梦》，多半只对电视连续剧有些印象，但问到书里刘姥姥等角色的村语村言，却会积极响应。村友三儿说，"仓老鼠和老鸹去借粮——守着的没有，飞着的有？"这个歇后语他听去世的老人说起过。他告诉我，仓老鼠不同于家鼠，我以为仓老鼠是"仓库里的老鼠"的意思，他说不是，仓老鼠一般在大田里安窝，这种老鼠比家鼠体大，尾短，最大的特点是两个腮帮子能鼓起老高，成为两个储物袋，能把玉米粒、豆子什么的先含在腮帮子里，然后再运回洞穴里去储藏建仓（这也是其得名的原由），他当过农机手，看到过被掘开的鼠洞，那里面储藏的粮食最多能达到二三十公斤！而鸟类一般都是现找食物现吃进肚，"鸽子不吃带气的，小燕不吃落地的"，老鸹（就是乌鸦）虽然吃得杂，荤素不论，但是只会飞着觅食，觅见了落下啄进嘴，并没有储藏粮食的能力。仓老鼠竟然和老鸹去借粮，这违背逻辑，而且说明其虚伪、奸诈、贪婪、丑恶。这句歇后语的后半句必须把声调挑上去，形成质问、抗议的气势，意思是你守着财的装穷相告诉没吃的，难道飞着艰苦觅食的倒会有多余的吃的东西？

仓老鼠和老鸹去借粮，是典型的"以有余损不足"的行为。沧海桑田，日新月异，但人性相贯通，到如今，也还有将其人性中的恶劣面泛滥出来的例子，隐瞒自己的"仓储"，而向穷"老鸹"伸手言"借"，这所谓的"借"，其实就是"骗"，一旦到手，是决计不会归还的。贪官污吏、奸商劣绅，多有此种伎俩，或巧立名目征收款项，或摇唇鼓舌诱人投资，在让艰辛一族"奉献"的同时，他们却化

公为私，甚至将自己的鼠仓偷移到境外去了。善良的人们，必须警惕啊！

丈八的灯台——照见人家，照不见自家

嬷嬷，又可写成嬤嬤，读音同"妈妈"，《红楼梦》里写到若干嬷嬷，其中给人印象深的有宝玉的奶母李嬷嬷和贾琏的奶母赵嬷嬷。不少中小学生，因为看过根据琼瑶小说改编的电视连续剧《还珠格格》，里面有个角色容嬷嬷，发音是"容膜膜"，就觉得《红楼梦》里面的李嬷嬷、赵嬷嬷应该读成"李膜膜""赵膜膜"，我在讲座中把嬷嬷说成"妈妈"，就怀疑我是不是读错了音。琼瑶是个当代言情小说家，电视连续剧是一种当代通俗文化，当代对以往的一些字音的发音，已经约定俗成地变通了。比如"茜"这个字，过去一定要读成"欠"，《红楼梦》里宝玉的一个丫头茜雪，一定要读成"欠雪"，里面出现了一个外国的名字茜香国，一定要读成"欠香国"，但是到现代，从翻译小说开始，译出的外国女子名字，使用了"茜"字，比如一个小姐写出来是"丽茜"，发音就是"丽西"，茜可以读成"西"了，后来德国拍了电影在我们这边上映，

电影名字《茜茜公主》，发音就是"西西公主"。最早翻译西方天主教修道院修道女性的名称，使用了"嬷嬷"这么个叫法，发音是"膜膜"，流传开来，琼瑶小说里的容嬷嬷，也就不发"容妈妈"的音，发"容膜膜"的音了。更有把格格就发音为"隔隔"的，其实清代称呼皇族小姐，写出来是"格格"，发音却必须是"哥哥"。这里不厌其烦地跟同学们讲这些字音的变化，一是面对约定俗成的大家已经习惯的发音，表示理解和接受；二是反过来，也希望同学们不要因为像我这样坚持原来的发音，把嬷嬷说成"妈妈"，格格说成"哥哥"，茜字读作"欠"，竟大惊小怪，认为是错。

宝玉奶母李嬷嬷这个角色，在书里戏份不少。宝玉到梨香院薛姨妈住处找薛宝钗玩耍，后来林黛玉也去了，薛姨妈留下他们喝酒吃饭，李嬷嬷絮絮叨叨地阻拦宝玉吃酒，令宝玉十分不快，这倒还罢了，宝玉喝得醉醺醺地回到绛芸轩，也就是他自己的住处，问丫头要枫露茶喝，谁知丫头茜雪告诉他，早起沏的那碗枫露茶被李嬷嬷喝了，宝玉一听大怒，摔了不是盛枫露茶的茶盅，溅了茜雪一裙子的茶水，宝玉本是为李嬷嬷发怒，没曾想事后李嬷嬷倒没事，茜雪竟无辜地被撵了出去。前八十回里，茜雪就此消失，高鹗续书，也再不见此人踪影，其实，根据脂砚斋批语透露，曹雪芹在八十回后写出了关于茜雪的大段文字，这个人物是故意埋伏那么久的，贾府被抄家后，贾宝玉锒铛入狱，茜雪不念当年的冤屈，到狱神庙去安慰救助宝玉，这是非常重要的篇章，但这部分已经写成的书稿，竟被"借阅者"遗失！李嬷嬷后来又在宝玉住处出现，她不仅继续擅自吃宝玉特意留下来的食物，还对袭人等宝玉房里的丫头吆三喝四，说些不伦不类的话语，其中一句，就是"那宝玉是个丈八的灯台——照见人家，照不见自家的"。再后来宝玉搬进大观园怡红院住，她还在"蜂腰桥设言传心事"的情节里出现，估计八十回后，也还会有关于这个嬷嬷的一个最后交代。

李嬷嬷说的这句歇后语，相当生动，别书未见，很是独特。在李嬷嬷嘴里，这是一句抱怨贾宝玉的牢骚话。李嬷嬷的意思是说，你宝玉总嫌我们老太婆脏，可是你自己住的绛芸轩里，丫头们嬉闹，磕了一地瓜子皮，你却一点也不嫌厌她们！可见你是丈八高的灯台，只照出远处的毛病，却照不见自己脚下地面的问题。曹雪芹笔下的贾宝玉确实是个"行为偏僻性乖张"的人物，他珍爱青春女性，对妇女的看法有个古怪的"三段论"："女孩儿未出嫁，

是颗无价之宝珠；出了嫁，不知怎么就变出许多不好的毛病来，虽是颗珠子，却没有光彩宝色，是颗死珠了；再老了，更变的不是珠子，竟是鱼眼睛了。"贾宝玉的这一观点具有反封建的意义，表达的是对封建社会压抑妇女，通过包办婚姻埋葬了青春女性的美好一面这种现象的揭露与批判，但贾宝玉对青春女性的珍惜，达到恨不能让她们永远停止增岁、无限期驻颜、始终跟他厮混在一起赏花吟诗的地步，这是一种在任何时代也不可能实现的理想，是一种超现实的诗意追求。

"丈八的灯台——照见人家，照不见自家"这句歇后语，抛开书中李嬷嬷的具体针对性，拿到今天来琢磨，能获得什么样的启发呢？跟一位朋友闲聊，他说可以当作一种提醒：不要只能看到别人的缺点，看不到自己的错失。我却觉得也可以这样来理解：宁愿自己这里留下阴影有些损失，也要将光明的火把高高举起，去给别人照亮一片天地。同学们以为如何？

隔锅饭儿香

因为宫里薨了个老太妃，贾母、王夫人等都得去参加丧葬活动，而王熙凤又因流产后体虚不能理事，荣国府里的公子小姐们得以能更加率性地欢乐度日。春天芍药花盛开的时候，正逢贾宝玉、薛宝琴、邢岫烟、平儿等扎堆儿过生日，他们就聚在红香圃里大吃大喝大说大笑，甚是惬意。这样的场合，一等大丫头们是可以参与的，二等以下的丫头如果没有派到相关活计，那就只能望洋兴叹。

芳官本是荣国府里养的小戏子之一，宫里有丧事，元妃不能再省亲，府里一年内也不许再演戏，因此荣国府就把戏班子遣散了，芳官不愿离去，就分派到怡红院当丫头，她自然不可能成为一等丫头，勉勉强强，忝列二等吧。红香圃大开寿宴那天，她没分儿参与，一个人闷闷地留守在怡红院，好不寂寞，虽说也可以出去到园子里跟别的丫头斗草玩耍，终究还是不能到红香圃里一醉方休。

但是芳官有两个优势。一是她性格直率活泼，很得宝玉喜欢；二是她跟管内厨房的柳嫂子关系特别好。宝玉在红香圃那边热闹够了，想起芳官，就回怡红院找她，一找一个准儿，芳官正面向里睡在床上，宝玉就推她起来，芳官就发牢骚说"你们吃酒不理我"，宝玉就拿好多话安抚她。就在这个当口，柳嫂子派人把单给芳官准备的饭端来了。

柳嫂子原来跟芳官她们戏班子的人，都在梨香院里混

178

事由，在那段岁月里，芳官和柳嫂子建立起密切的关系，柳嫂子后来被派到大观园的厨房管事儿，戏班子遣散后芳官恰又分到怡红院，二者的互助互利关系得以顺利延续，芳官答应帮助柳嫂子的女儿柳五儿到宝玉身边来当丫头，柳嫂子呢，不消说，报答芳官的第一方式，就是给她提供精致可口的专享饭菜。

那么，柳嫂子派人给芳官送来的，是怎样的一套配餐呢？书里写得很细：揭开饭盒，"里面是一碗虾丸鸡皮汤，又是一碗酒酿清蒸鸭子，一碟腌的胭脂鹅脯，还有一碟四个奶油松瓤卷酥，并一大碗热腾腾碧荧荧蒸的绿畦香稻粳米饭"。真是色、香、味俱全。芳官 直享受这种特殊待遇，见了只说"油腻腻的，谁吃这些东西！"宝玉闻了却觉得比往常吃的饭菜还香，先吃了个卷酥，又以汤泡饭，吃了半碗，十分香甜可口。

没想到宝玉吃芳官那"二等丫头饭"的情况，被大丫头袭人、晴雯等知道了，晴雯吃醋，用手指戳在芳官额上，说她是"狐媚子"，怀疑她故意约了宝玉来共餐；袭人则平和通达，说不过是误打误撞，宝玉跟猫儿一样，闻见香就要吃一口，"隔锅饭儿香"。

隔锅饭儿香，道出了一种普遍感受。再好的饮食，接

连着吃也会倒胃口。平常在家里烧饭吃，也总得不断地换换花样。下饭馆，也不能总去同一家。偶尔到朋友家做客，吃人家一餐饭，其实那菜肴烹制的水平一般，但仍然会觉得口味一新，赞谢之辞出自肺腑。

饮食上如此，人生途程上，适度地尝尝"隔锅饭"，也很必要。"隔锅"的概念可以外延很远，隔行隔界隔专业，都可视为"隔锅"，"隔锅饭"不能当日常饭吃，真那样吃起来，吃不顺当一定倒胃，吃顺了也就无所谓"隔锅"，成了"换锅"了。但在守着自己的锅吃本分饭的前提下，偶尔地尝尝"隔锅饭"，那就不仅是胃口大开，觉得"香甜异常"，而且，所汲取的营养，也一定格外珍贵，特别是某些"微量元素"的摄入，有着至关重要的养生作用。

在《红楼梦》里所描写的那种社会环境里，青年男女的精神食粮，首先是强制性规定的四书五经，像林黛玉那样的才女，她对孔孟之道、仕途经济是厌恶鄙视的，她那文化修养的"家常饭"是唐诗宋词，如她教香菱学诗时，就特别提到王维、李白、杜甫以及更早的陶渊明等人的诗作，这些"饭"在那个时代是允许随便"吃"的，但像《西厢记》《牡丹亭》，戏台上的演出可以看，那书却不许读，被指认为"淫书艳词"。但是，一旦她从宝玉手里接过了《西厢记》，一口气读下来，又隔墙听到梨香院排戏的小姑娘们唱出《牡丹亭》里的句子，立刻产生出"隔锅饭儿香"的效应，心动神摇，如醉如痴。

对于我们现代人来说，不必像贾宝玉那样，只是"误打误撞"地吃几口"隔锅饭"，而应该自觉地拓宽自己物质与精神食粮的食谱，多从"隔锅饭"里获得快感、补充营养。

小同学，如果要你用"隔锅饭儿香"这句成语来写篇小文，你会联系一件什么事来写呢？

千里搭长棚——没有个不散的筵席

这个歇后语，在《红楼梦》之前，就被人写到书里。曹雪芹是在第二十六回里，让小红来说这句话的。书里交代，荣国府的大管家林之孝俩口子，权柄很大，却一个天聋，一个地哑，更古怪的是林之孝家的年龄比王熙凤大，却认她作干妈，而他们的女儿林红玉也就是小红，虽然相貌也还不错，又伶牙俐齿，他们却并没有依仗自己的权势，将她安排为头二等丫头，只悄悄地安排到怡红院里，当了个浇花喂雀生茶炉子的杂使丫头，后来还是小红自己凭借真本事，才攀上了高枝，成为凤姐麾下的一员强将。

小红是在与一个只出场那么一次的小丫头佳蕙对话时，说出这句话来的，还接着说："谁守谁一辈子呢？不过三年五载，各人干各人的去了，那时谁还管谁呢？"这话与第十三回秦可卿念出的偈语"三春过后诸芳尽，各自须寻各自门"是完全相通的。据佳蕙透露，故事发展到那个阶段的时候，贾宝玉等人还根本没有"盛筵必散"的憬悟："昨儿宝玉还说，明儿怎么样收拾屋子，怎么样做衣裳，倒像有几百年的熬煎。"

"千里搭长棚"的歇后语，在《红楼梦》里与"树倒猢狲散"，《好了歌》及其甄士隐的解注等，是贯通的，里面有对世事绝不会凝固而一定会有所变化的规律性总结，也含有悲观主义世界观、人生观的消极情绪。

二〇〇〇年七月十四日法国国庆那天，我恰好在巴黎，目睹了法国民众自发组织的"千里长桌筵"，人们沿着法国中部穿过巴黎市中心的经线，摆出筵席，大体真的相连，使用同一种图案的纸桌布，各家拿出自己准备的酒菜与邻居同仁们共享。在巴黎卢浮宫庭院和塞纳河艺术桥上，据说是那条经线通过的地方，我看见男女老少或倚桌或席地，边吃喝边欢唱，十分热闹，又从电视里，看到那条经线通过的其他地方，现场转播的种种情况，真是非常有趣。到太阳落山时，这个贯穿整个法国的"千里长桌筵"在欢歌笑语中散场。我觉得法兰西人的这份浪漫情怀，真的很值得我们学习。其实《红楼梦》里就已经写到不少西洋事物，如金星玻璃鼻烟盒，治头痛的膏子药"依弗那"等等，"洋为中用"，咱们从"千里搭长棚——没有不散的筵席"这句话里剔除悲观的情绪，注入法兰西式的浪漫旷达，那不也就成为一句好话了吗？

柳藏鹦鹉语方知

脂砚斋是曹雪芹的合作者。当然，她主要是通过批语来揭示《石头记》的生活依据和艺术特色，直接执笔补缀文本的地方不多。她——这里用这个女性的第三人称，是因为我基本上信服周汝昌先生的考据：脂砚斋是书中史湘云的原型，是曹雪芹的一位李姓表妹，他们在家族败落后，历尽坎坷，戏剧性地遇合，隐居乡间，呕心沥血，共同从事《石头记》的写作——在第一回的批语中，就一方面指出书中的朝代年纪、地舆邦国"大有考证"，使我们知道曹雪芹的这部书尽管将真事隐去，以假语村言来进行叙述，但确实是一部带有自叙性、自传性的作品，另一方面又指出，曹雪芹在将生活的真实化为艺术情境时，使用了许多高妙的手法。

第一回的批语里，脂砚斋就这样总括曹雪芹的写作技巧："事则实事，然亦叙得有间架，有曲折，有顺逆，有映照，有隐有见，有正有闰，以致草蛇灰线、空谷传声、一击两鸣、明修栈道、暗度陈仓、云龙雾雨、两山对峙、烘云托月、背面傅粉、千皴万染诸奇……"她的评论语汇非常丰富，能让读者产生出联翩的想象，既增进了对曹雪芹文笔的审美力度，对她那批语本身，也往往能获得阅读的快感。

在第七回，曹雪芹以相当含蓄的手法写贾琏和王熙凤中午在家里亲热，脂砚斋对曹雪芹的这一写法大加赞扬，认为是"柳藏鹦鹉语方知"，一株高大的垂柳，忽然听见鹦鹉在说话，这才知道，啊，柳条遮住的地方，有故事啊！

"柳藏鹦鹉语方知"是一句古诗，与其搭配的还有一句，是"雪隐鹭鸶飞始见"。作为文学作品，这种含蓄的表达方式，是一种高妙的技巧。

脂砚斋很显然极有文化修养，她多次随口吟出、随手拈出类似的诗词妙句来评点曹雪芹的文本。

第三回写到林黛玉初次"还泪"，脂砚斋批道："月

上纱窗人到阶，窗上影儿先进来，笔未到而意先到矣！"第十五回有批语引昔安南国使题一丈红的诗句："五尺墙头遮不得，留将一半与人看。"第十六回写贾母心神不定，在大堂廊下伫立，她批道："与'日暮倚庐仍怅望'对景，余掩卷而泣。"第二十五回写早晨宝玉想观察头天偶然给他倒茶的小红，"却恨面前有一株海棠花遮着，看不真切"，她批道："余所谓此书之妙皆从诗词句中泛出者，皆系此等笔墨也。试问观者，此非'隔花人远天涯近乎'？"第三十七回批语里道："好极！高情巨眼能几人哉？正'一鸟不鸣山更幽'也。"诸如此类，都是善用诗句点评小说文笔妙处的例子。

脂砚斋也很会活用俗谚俚语，来作为评点的利器。她先后运用到批语中的这类语句很多，比如："一日卖了三千假，三日卖不出一个真！""人若改常，非病即亡。""不如意事常八九，可与人言无二三。""人在气中忘气，鱼在水中忘水。"……

在第二十七回的回后批中，脂砚斋总结说："《石头记》用截法、岔法、突然法、伏线法、由近渐远法、将繁改简法、重作轻抹法、虚稿实应法，种种诸法，总在人意料之外，总不见一丝牵强，所谓'信手拈来无不是'是也。"曹雪芹固然技巧非凡，如千手观音无所不能，脂砚斋的批评技巧亦妙笔生花，灵动自如，比如她在鸳鸯抗婚一回，感慨鸳鸯在急难中提到一起度过许多岁月的姊妹们，让人读来浮想联翩，就挥笔写道："余按此一算，亦是十二钗，真镜中花，水中月，云中豹，林中之鸟，穴中之鼠，无数可考，无人可指，有迹可循，有形可据，九曲八折，远响近影，迷离烟灼，纵横隐现，千奇百怪，眩目移神，现千手千眼大游戏法也！"

不仅曹雪芹的小说是我们中华民族的经典，脂砚斋的批评也是我们中华文化的瑰宝。

这个锦囊，教给你从《红楼梦》里专挑出成语、谚语、歇后语来加以欣赏，从中获得小说精彩语言的审美快乐，也启发你今后在写作中，如何从生活里、书本里，获取词汇资源，活学活用。我所列举的，其实只是《红楼梦》书里的一小部分，你以后可在闲暇时，拿支记号笔，一回回、一页页检索，把所有令你眼睛一亮、心里一喜或一惊的这些词语，都画出来，之后再逐一体味，尝试用其造句，并在今后作文时，恰切地使用。

真情至上

——对《红楼梦》中心意思的把握

现在给你最后一个锦囊，帮你去理解《红楼梦》的主题，也就是中心意思。《红楼梦》这部书很伟大，它的中心意思和主题究竟是什么，历来的读者和研究家都有不同的说法。我今天把其中一种重要的理解方法，作为锦囊奉献给你。

其实《红楼梦》这部书，它通过贾宝玉、林黛玉这样的艺术形象，提出了至高的一个人生原则，就是要我们能够懂得人世间、宇宙间最可宝贵的是什么：是那种纯真的、纯洁的、纯正的感情。

在《红楼梦》里面，贾宝玉和林黛玉这两个形象，作者的合作者、批书者，有一个说法，就是作者最后给宝玉和黛玉各写了一个考语，考语就是评语的意思。给林黛玉的是两个字，叫作"情情"，感情的情。第一个"情"，动词；第二个"情"，名词。就是林黛玉这个人把她的全部感情都赋予了对她有感情的人，就是贾宝玉，她一生把她的眼泪还给贾宝玉，这是对林黛玉的评价，这是个很高的评价。一个人把全部感情，奉献给最爱的人，这是在人世间生活中很美好的一件事情。

可是作家更加肯定的是贾宝玉，贾宝玉最后，据批书者说啊，作者给了他一个什么样的考语呢？叫"情不情"，第一个"情"也是动词，第二个"不情"的那个"情"呢，是名词。就是宝玉这个形象不得了，他不但对对他有感情的人赋予情感，比如说林黛玉，还记得书里的场景吗？春天桃花开过了，花瓣纷纷谢落，他们两个在桃花树下共读一本书，他们两个都很喜欢这本书，叫作《西厢记》，他们心心相印。所以他和林黛玉一样，有把他的感情赋予爱自己的、有感情的对象的这一面。但宝玉他更有超越性，他对那些对他不一定真有感情，甚至没有感情的人或事物，他也赋予感情，这个是《红楼梦》作者塑造的贾宝玉形象当中不得了的一点。比如书里他写了一个丫头叫平儿，平儿是谁的丫头啊？前面无数次提到荣国府的总管是俩夫妇，贾琏和他的媳妇王熙凤。而这个贾琏，他是一个怕老婆的人，所以大权就落在了王熙凤——整个府里把她叫作二奶

奶——二奶奶身上。

　　这个王熙凤二奶奶,她有一个贴身的大丫头叫作平儿。这个平儿的处境是很艰难的,贾琏是一个很俗气的人,王熙凤又是一个很贪婪的人,而她又要应付贾琏,又要应付他的媳妇王熙凤,都是她的主子,很悲苦的。有一次俩口子闹矛盾,闹翻了,就都对平儿又打又骂,拿她出气。平儿对宝玉并没有什么特殊的情感,他们只是相处得很好而已,可是宝玉看到平儿被俩口子这样蹂躏,非常心疼,就把平儿请到了他所居住的大观园里面的怡红院,叫他的大丫头袭人拿出衣服给平儿换上,拿出她的化妆品给平儿重新地理妆,平儿慢慢地,挨打挨骂以后那个悲惨的情绪就平复下来,他就又亲自拿了一个竹剪子,去剪了一朵鲜花,把它别在平儿的头发上。

　　然后宝玉就斜躺在他的那个床上,此处有一段心理活动。什么心理活动啊?他像爱林黛玉一样爱平儿吗?不是。平儿会像林黛玉那样爱他吗?也不是。他们之间是一种无情的关系,不情的关系。但是贾宝玉这时候就想了,说平儿这个生命多可怜,平儿是当时王熙凤从王家嫁到贾家带过来的一个丫头,自己父母是谁都不知道,也是从小被人卖到王熙凤她们家的。所以到了荣国府以后,实际上她是一个无根的、浮萍似的生命，不知道自己的来历，又被这对夫妇这么样地的蹂躏，宝玉想到这儿就非常难过，人怎么可以这么对待人呢？是不是啊？书里写道，他越想这个平儿越可怜，就痛滴了几滴眼泪，你看这时，宝玉的情感高尚不高尚啊？

　　书里写的香菱，前面讲了很多了，她成了薛蟠的侍妾，后来也有机会到大观园里活动，她跟一群小丫头斗草——斗草是一种很有趣的游戏，你可以从书里看到女孩子们在草地上斗草的具体描写——书里写斗来斗去，香菱跟一个女孩子发生口角，最后扭打起来，结果香菱穿的一条石榴色的裙子，就被草地水洼的脏水污染了。宝玉本来也要参与斗草，可他刚走过去，别的女孩子一哄而散，只剩香菱站在那里为难，因为那条石榴裙很珍贵，怎么办啦？宝玉跟香菱之间并没有特殊的感情，但宝玉设身处地为香菱着想，就让袭人把她一条跟香菱一模一样的石榴裙，拿来给香菱换上。这过程里，宝玉想的是什么呢？就想到香菱是个被拐子拐出来的女孩，都不知道父母是谁，连本姓本名都忘记了，偏又落在薛蟠这么个恶公子手里，真应该可怜她啊，能为她做哪怕一件小事，自己也是快乐的。书里写香菱得到宝玉帮助，摆脱了窘境，却并不理解宝玉，说明香菱对于宝玉来说是不情的存在，但宝玉对她，却情不情。

《红楼梦》这本书教给你什么呢？就是要你懂得，世界上最珍贵的就是这种超越阶级，超越群属，超越男女，超越爱情，超越婚姻，超越所有一些社会上的那些功利因素的纯真的情感。同情不幸者，同情弱者，哪怕只能为他做小小一点事情，也是人生一大快乐。而且要能够去为别人的不幸身世，滴下眼泪，心怀怜悯。所以宝玉是一个"情不情"的生命。两百多年前我们的老祖宗写下这样的作品，塑造这样的艺术形象，不得了。而且书里面进一步写了，贾宝玉这个心胸博爱到什么程度啊，不光是对平儿、香菱这样的生命赋予自己的情感，对一些大自然的、没有情感的东西他也去赋予情感，书里说他见了河里鱼儿就和鱼儿说话，看见天上的燕子在飞，他就去和燕子打招呼，他看见星星月亮不是长嘘就是短叹，宝玉是一个大写的人，他超越了他的贵族公子的身份，超越了一个社会人的身份，他是大自然当中的一员，他对鱼儿、鸟儿都平等以待，尊重它们，呵护它们，欣赏它们，跟它们交流、对话。

所以贾宝玉情不情这个特点，是我们阅读《红楼梦》时，特别应该注意的一种高贵品质，这也是作者想通过这部书所表达的一个主题，要懂得世上最珍贵的东西就是这种纯真的情感。

书里有一段很细致地写出了他的这种情感，就是后来写宝玉病了一场，养病稍微恢复一点体力以后，他就拄着一根拐杖，在大观园里面行走。行走的时候，看柳垂金线，桃吐丹霞，在一个山的后面就看见了一株大杏树。春天已经过去了，杏花已经都谢光了，杏树不但已经长出了茂密的叶子，而且还结出了豆子般大小的小杏。

他就有一个心理活动，他说你看，我病了几天，就把杏花辜负了，杏花开放多美丽啊，这花一谢落以后就没法回收了，我错过了。他联想到大观园里面其他一些女性，青春女性，这些女性有的开始出嫁了，就离开青春时期的这种生活了。书中的贾宝玉他深切意识到那个社会是一个神权社会、皇权社会、男权社会，女子只有在青春时期才能够享受一种不受社会主流意识形态左右的质朴的生活，一旦出嫁以后，她就和她的丈夫结为一体了，参与这个社会的运作当中去了，就会去追求名位、追求财富了，年龄再大以后呢，就忘记了自己青春时期这种纯朴的情感了。

在他的心里只有未出嫁的青春女性是最好的，他看见一棵杏树就联想到身边这些青春女性们的命运，就产生一种悲悯的情怀。什么叫悲悯，小同学，什么叫悲悯？你现在还小，长大后慢慢就会明白这种情绪，这是对一个事物的悲剧性前景生出的一种怜悯，是一种很深厚的同情，你从小就要练就这种同情心，同情弱者，同情青春已逝的那些生命。

这时候他自己把自己感动了，流出了眼泪。我们今天的少年、青年不一定要像宝玉那样，不用像他一样多愁善感，但是，宝玉的这种行为思想里面，有值得我们汲取的精神营养，就是珍惜那些很快会消逝的、美好的时光，美好的生命阶段。

所以，《红楼梦》这部书，它通过很多故事情节，特别通过他所塑造的贾宝玉这样的艺术形象，表达了一个鲜明的主题：在这个世界上，财富也好，地位也好，功名也好，皮肉的快乐也好，大吃大喝的乐趣也好，都没有什么价值，真正有价值的就是那种纯真的情感，那种对春天的无限的欣赏，对青春的无限的怀念，对美好生命的无限的尊重、呵护。这个锦囊就告诉你，读《红楼梦》的时候，如果你掌握这样一个中心意思，一个主题，读起来就会越来越有滋有味。像刚才我说的，宝玉站在杏树面前的这段描写，在书里似乎是很不重要的一个段落，但你得到锦囊以后，你就会懂得这部书里面的每一个段落都值得细读，都值得好好地品味。

　　少年读者们，希望我献上的这十二个锦囊，对你阅读《红楼梦》有所帮助。